VERDADES, FICCIONES
Y ALGUNOS VIAJES

ExLibric

JUAN RAFAEL MUÑOZ RAYA

VERDADES, FICCIONES
Y ALGUNOS VIAJES

EXLIBRIC
ANTEQUERA 2026

VERDADES, FICCIONES Y ALGUNOS VIAJES
© Juan Rafael Muñoz Raya
Diseño de portada: Dpto. de Diseño Gráfico Exlibric

Iª edición

© ExLibric, 2026.

Editado por: ExLibric
c/ Cueva de Viera, 2, Local 3
Centro Negocios CADI
29200 Antequera (Málaga)
Teléfono: 952 70 60 04
Fax: 952 84 55 03
Correo electrónico: exlibric@exlibric.com
Internet: www.exlibric.com

ISBN: 979-13-88079-46-7
Depósito Legal: MA 16-2026

Impresión: PODiPrint
Impreso en Andalucía – España

Nota de la editorial: ExLibric pertenece a Innovación y Cualificación S. L.

JUAN RAFAEL MUÑOZ RAYA

VERDADES, FICCIONES Y ALGUNOS VIAJES

Biografía agridulce

Con 97 años a cuestas, mi madre cuenta su ya larga vida a todo aquel que se le acerca, y no precisamente como una queja, a pesar de carestías o estrecheces, sino como un deambular positivo (después de todo) a través de la inhóspita geografía de entreguerras.

Primero fue el frío que se recrudecía en sus sabañones invernales; más tarde, prosperando bajo un techo ya seguro, ingresó en el servicio doméstico de un comandante de Intendencia del bando nacional, con lo cual su posguerra no fue tan dura (dentro de lo que cabe) como la de otras chicas provincianas. Estancias varias a caballo entre Zaragoza, Córdoba y Madrid (los militares, ya se sabe, movilizados de un sitio a otro) jalonaron la década de los cuarenta hasta que, pasado el tiempo, ya en los primeros cincuenta, ingresó de la misma índole bajo la égida de un señorito andaluz con cortijo y casa céntrica en Sevilla. No porque los amos fuesen ricos mejoraba la condición de los sirvientes: garbanzos diarios; cebada en lugar de café; permisos y salidas externas prácticamente inexistentes…

Quiso el destino que, en una de las idas y venidas del campo a la ciudad, de la ciudad al campo, mi madre entablase relación con el que en un futuro no lejano habría de ser su esposo (un herrero de cortijo) y, posteriormente, mi padre.

Viuda desde los 60, sus últimos años los lleva, ya digo, con una clarividencia asombrosa, echando de menos sus añoradas vivencias.

Infancia recuperada

El niño corretea el monte. El azul del cielo, la bofetada agradecida de aire puro y el intenso olor a savia convierten la mañana en selva. Una selva particular y auténtica soñada por el niño cada noche, deseada entre sábanas, ansiada de mito y fantasía.

Muy temprano, cuando la boca del lobo de la noche se va aclarando, el valle despierta poco a poco de su letargo y va mostrando su realidad de color y sonido. Una creación (recreación) de arcoíris para los sentidos. A buen seguro que Paco, niño de campo y de selva, lleva grabado en su cerebro desde hace mucho el hervor vegetal y animal de su entorno. Un infierno verde de película con Tarzán incluido. Un abigarrado mundo de palpitaciones misteriosas que hacen insondable el valle: mugidos, murmullos, maullidos, ladridos, balidos, chapoteos, aleteos... Tantas y tantas aventuras en la tarde capturando presas, cruzando arroyos cantarines, despeñando rocas en cascada, ya de vuelta con la última luz de la tarde recortándose en la figura del niño, rendidas las piernas, buscando la acogida familiar de cada jornada.

Desde entonces no olvidó la película. Desde que vio *Tarzán de los monos*. Había salido como todos los domingos y fue su amigo Pepín quien se lo propuso:

—Venga, Paco, vamos al cine.

—¿Qué ponen?

—Una de las que te gustan.

Y el cine era para Paco (como para casi todos los niños de aquella época) el lugar mágico donde todo era posible, lejos de las diarias obligaciones y faenas de la vida cotidiana. Por eso el domingo era un día especial, el día más especial de la semana. Unos domingos aquellos muy diferentes a los de ahora, inundados de fresca risa, iluminados de pura inocencia, incontaminados de los excesos de hoy en día.

El lunes tocaba poner en práctica las enseñanzas cinematográficas. Solo o acompañado, Paco subía al monte y se convertía por su cuenta en el rey de la selva; y, a veces, surgían disputas entre los compañeros sobre quién en verdad era el rey de la selva, si el león o el mismísimo hombre mono. Tampoco ayudaba a zanjar la cuestión don Enrique, el viejo maestro de escuela, pues contestaba con evasivas de cascarrabias que no satisfacían la curiosidad infantil; pero fuera o no verdad, lo cierto era que Tarzán colmaba las aspiraciones aventureras de Paco, el niño selvático, el niño que odiaba trasladarse a la ciudad porque aquello no era lo suyo. No había más que ver *Tarzán en Nueva York* para darse cuenta de ello.

A Paco le gustaba la tierra virgen. La amaba con instinto animal. Luego, descendiendo en su escala de valores perfectamente establecida, prefería el pueblo con sus calles empinadas y sus plazas recoletas, dejando para último lugar la pequeña ciudad de provincias con sus niños remilgados y sus señoritas cursis.

La voz del pueblo era alegre y confiada (como cierta ciudad dramatúrgica). Irradiaba pureza y reflejaba los latidos de la vida. Trajinaba, pues, con ahínco, con entregado y afanoso tesón. De repente, un temor oculto, una vergüenza apenas reprimida hacía acto de presencia. Era entonces cuando los corazones se agitaban y galopaban más aprisa; cuando las bocas se resecaban y los retortijones aceleraban el miedo. Entonces era cuando Paco, desde su alta sierra, bajaba raudo, a trompicones, cual águila veloz en pos de su presa e informaba de la inminente llegada de los guardias; aquellos de los capotes y los tricornios, los que increpaban y torteaban, los que preguntaban más de la cuenta y llevaban al pueblo (decían) la congoja y la sumisión. Más tarde, cuando se marchaban arrastrando una inmensa nube de oscuros presagios, los lugareños se entregaban a un relajamiento, a una distensión que le hacían caer en un sopor agradabilísimo. Y como premio a la intachable conducta o a la colaboración con las fuerzas del orden, se organizaban festejos que apaciguaban los ánimos e instauraban nuevamente, como en tantas ocasiones anteriores, la alegría en el alma de aquellos seres primitivos curtidos bajo penas e intemperies. La voz del pueblo volvía así a su naturalidad espontánea ejerciendo su bisbiseo provinciano, su gracia connatural y arcaica o su lengua de afilado cuchillo.

—¿Qué te iba a decir que mentira no era?

—¿Sabes que a *la* Manuela le ha *salío* una cosa mala y le han dicho los médicos que no tiene cura?

La Manuela, la madre de Paco, el niño de las tierras vírgenes, ha regresado a casa definitivamente. Ya no tendrá que agrietarse las manos en la fábrica de jabones, su empleo en la capital. Con el semblante lívido y el cuerpo carcomido por el mal se ha desplazado a duras penas hasta la parada del autobús. Durante el trayecto —unos cuarenta kilómetros serpenteando a través de la sierra—, el olor a resina se le mezcla con el de detergente incrustado en su piel, en su cuerpo todo proporcionándole un frescor de desodorante. *La* Manuela no puede ocultar sus lágrimas furtivas y rompe a llorar mansamente, echando de menos esos dinerillos que ya no podrá cobrar en su totalidad y que tanta falta le hacen.

Ahora solo le queda abrazar a su hijo y esperar, esperar que Dios se la lleve a mejor vida.

Un cañonazo bastó, uno solo, para que la paz del valle (y la del monte y la de la sierra, allá arriba) se quebrara.

Súbitamente, como una exhalación, el aire se hizo más denso y la vida animal enmudeció ante la alarma. Paco sintió que la pena le embargaba. No había derecho a que su selva fuese conquistada por el ejército. Y mira que le gustaba observar a los soldados en acción. Los había visto en el cine: el campo de batalla, el humo, la infantería, la aviación, las trincheras, las ametralladoras… pero todo aquello, pensaba, no podía hacerse allí a dos pasos de su casa porque peligraban sus animalejos y porque, cuando se marchaban los renqueantes vehículos, dejaban el suelo perdido de chatarra bélica: vainas, cartuchos, botes de humo, y en el aire, un irritante olor a quemazón y a pólvora quemada. Eran las maniobras militares las que, en un principio, malhumoraban al niño, aunque más tarde le dejaban cierto regusto heroico en sus meninges.

Ello le contrariaba no pocas veces y le sumía en profundas reflexiones que acompañaban su situación de niño mártir, de niño de Cuaresma y Miércoles de Ceniza.

Pensativo y cabizbajo, la imagen del niño en un atardecer con fondo anaranjado se funde encadenadamente con su antítesis: una algarabía de niños en patio de recreo, un estallido de alegría, una multitud de cabezas mirando al cielo; aplaudiendo las acrobacias de la avioneta que una y otra vez en círculos concéntricos planea sobre el grupo escolar y que —¿será verdad?— repartirá chicle

(«¡Americanoooos!, ¡Americanoooos!») caído del cielo, un cielo bondadoso y bueno como nos decía la Santa Madre Iglesia. Y es que los niños preferían a los soldados americanos, más chulos y modernos que los españoles. El yanqui exportaba el dinero y el bienestar, mientras que nosotros todavía nos quitábamos el hambre a tortazos.

¡Menuda pena!

Y así pasaban los días, unos con más gloria que pena y otros con más pena que gloria. Con el sabor agridulce que alimenta los corazones ennoblecidos por el sudor y el trabajo. Un paisaje que no cambia salvo con las estaciones, destacando sobremanera los inviernos; los largos y crudos periodos de agua permanente; los sempiternos caminos embarrados donde quedaban marcadas las rodadas de los carros; los inmensos *lagunones* donde perros y niños jugaban y salpicaban a placer. Y las luces de atardecida, las mortecinas luces con las que Paco iluminaba sus manuscritos donde estudiaba «monotonía de lluvia tras los cristales» (que dijera el poeta); para después, en el peso de la larga noche, soñar con sombras amenazantes que el viento le colaba por la rendija de la imaginación. Ruidos desencadenados como por encanto. Un crujir de muebles apolillados que procreaba terribles fantasías animadas y que casi siempre se resolvían felizmente.

Llegada la primavera y a la vuelta del colegio iría con Pepín y Raúl en busca de los bichos de agua, preferentemente los sapos del arroyo, sí, «ese arroyo que la lluvia había dilatado hasta la viña» (que dijera otro poeta) y que colmaba las urgencias aventureras provocadas por las largas encerronas del invierno.

Al remitir las lluvias, el sol y el viento secaban los barrizales del camino, desaparecían los charcos y las cunetas convertidas en movedizas arenas por la mente infantil, y el campo se asilvestraba lentamente vistiéndose de selva en tecnicolor (la selva del invierno era en blanco y negro, como más prosaica) poblándose de vida y de murmullo cual afanosa colmena en pleno rendimiento. Era entonces, aprovechando el aumento progresivo de la luz solar, cuando Paco dedicaba sus máximas disposiciones a la selva de sus sueños y por lo mismo, su madre, cada vez más castigada por la enfermedad, le recordaba que ya iba siendo hora de ir pensando en el día de mañana y que se dejara de tanta calle y tanta pérdida de tiempo, a lo que el niño contestaba con un «sí, mamá, ya lo sé» desmañado que provocaba la eterna desazón de Manuela, la cual ahogaba su pena en la más absoluta de las impotencias. Un futuro incierto y azaroso que, por irremediable, amargaba el crepúsculo de la madre, dejando en el niño una desagradable sensación, entremezclada de incomprensión y abatimiento.

Los días se suceden monótonamente insípidos, con milimétrica precisión de horas muertas. Horas de ancianos tomando el sol, rodeados de niños rompiendo la calma. Horas de ancianas haciendo ganchillo rodeadas de niñas jugando al corro. Noches de ir y venir, de trasiego en trasiego, soliviantado el corazón, despertando a la vida en la cruda realidad de la luna llena. Paco y sus compinches espiando la comitiva de hombres deseosos, deslizándose a la búsqueda del placer oculto, concertando citas con mujeres de colorines y risas fáciles. Procaces, deslenguadas pécoras que llegaban secretamente bajo la impunidad de la noche, ligeras de ropa y de vergüenza, untadas de cremas baratas, precipitadas de orgasmos inventados. Y la mirada de Paco en la frontera de niño a hombre presagiando el pecado, adivinando un algo morboso en el ambiente y en la clandestinidad amoral de los mayores. Algo parecido a cuando llegaban las *vedettes* de revista, que alteraban la sangre de los mirones tras las improvisadas cortinillas del vestuario, aunque a Paco le seguía tirando más el circo (prueba evidente de su inocencia), aquel circo de tres al cuarto que siempre traía algún animal de la selva y que el niño imaginaba trasladado a su monte, criado en plena jungla, acompañándole en su frenético recorrido tras los salvajes caníbales.

Todo eso y más pensaba e imaginaba Paco creyéndose Tarzán, emulando sus hazañas o al menos admirando al domador cuando desafiaba a las fieras bajo la carpa inmensa y entre barrotes. Con eso se conformaba, no aspiraba a más. Ni falta que le hacía. Su sueño en la tarde-noche de circo se personalizaba dentro de la jaula circular, entusiasmado con hermosos felinos, abatido y amenazado por garras, por potentes colmillos, acallando los terribles rugidos mediante el látigo silbante y protector.

Cuando el circo se marchaba, Paco se sumía en una tristeza que le duraba varios días, incluso semanas, e iba y venía una y otra vez al lugar donde estuvo el espectáculo y se recreaba en los restos esparcidos por el suelo: rodadas de vehículos, programas de mano, entradas marchitas, bombillas, vestuario desechado… Menos mal que consiguió un cartel de los grandes: «CIRCO MONUMENTAL», así, con letras monumentales. El payaso a la izquierda, el león a la derecha, los trapecistas arriba, claro, la información abajo.

A partir de ahora, a esperar otra oportunidad y mientras tanto, conformarse con sus domésticos animales que ya él se encargaría de idealizarlos con instintos salvajes.

Lentamente, a paso de tortuga, aquella comunidad iba trans-formándose en otra. Todo el mundo, a pesar de la desconfianza inicial, vio con buenos ojos la importancia de la primera máquina de labor. Y aprendieron. Aprendieron a manejar las palancas, los pedales y todas esas cosas de la mecanización del mundo agrí-cola. Y los motores inauguraron un nuevo «runrún» que se haría familiar con el tiempo. Y la primera tele, la del bar del Roque se veía como el cine, todo el mundo más callado que en misa con su silla a cuestas para ver la película. Ni que decir tiene que el progreso los dejó boquiabiertos, embobados en las lunas de los escaparates allá en la capital, en las estaciones de autobuses de línea. Y se compraban muchas cosas y lo mejor de todo que ya no se pasaba tanta hambre y la miseria la habíamos aniquilado hasta extenuarla de puro agotamiento.

Llueve otra vez. Cae la lluvia fina e intermitente; una lluvia que ensancha a duras penas los arroyaderos del valle, remansándose a veces en los pozos de las huertas, desplazando guijarros por las torrenteras agrestes, chorreando brillante por las paredes de las casas a la luz de las farolas. Una lluvia divisada por los pasajeros del autobús. Unos viajeros que esperan con el motor en marcha. En el interior del vehículo una mujer y un muchacho se disponen a realizar un viaje de ida, pero sin vuelta. Van de luto y pretenden recorrer varios cientos de kilómetros bajando hacia el sureste, cambiando la altura por la llanura, la «selva tropical» por la tierra mediterránea. A través de la ventanilla, tras los chorreantes cris-tales, el chico lee trabajosamente el título de la cartelera del cine: «Hoy a las 8:30, EVA AL DESNUDO», y su incipiente madurez detecta lo engañoso. El título miente —piensa—, pues en los carteles no se ve ninguna mujer desnuda. Aunque no entienda el sentido figurado del título, sí aparece ya un signo inequívoco de hombría, de madurez propiamente dicha.

El chaval marchará a vivir con su tía, hará ambientes nuevos, seguirá desconociendo a su padre (que desapareció sin motivo aparente y sin dejar rastro) y por encima de todo, la vida proseguirá su rumbo mientras quede la esperanza puesta en el vivir cada día y en los almanaques que lenta e inexorablemente vamos deshojando sin querer.

El aviador de Monrovia

Fue el mayor de ocho hermanos (cuatro varones y cuatro mujeres) y ya de pequeño se mostraba inquieto, revoltoso a más no poder. Cuando su madre lo aseaba para ir al cole se daba trazas de tiznarse y ensuciarse a conciencia sin que lo viese nadie. Al entrar en el cole junto a su hermano Antonio le reprendía el maestro, el cual, dirigiéndose al hermano menor le decía: «Anda, llévate a Pepe con tu madre, que lo lave y lo peine, así no se viene a la escuela». De modo que las fechorías de Pepe eran continuas y exasperaban al más pintado. No quería colegio ni verlo, sino vagar por postigos y lejíos hecho lo que se dice un mataperros.

Cuando cumplió la mayoría de edad, su abuela (que era la que lo entendía a base de gritos y cachetes) consiguió introducirlo en el aeródromo de Tablada y posteriormente en las milicias, en las cuales se reenganchó para proseguir la carrera militar, aliviando así la ya de por sí depauperada economía familiar. Andando el tiempo se alistó en la famosa División Azul desde donde se escaparon por tablas (según confesión propia) en su enfrentamiento con los rusos, poniendo de paso «notas de color marrón» en las nieves perpetuas debido a las deposiciones forzadas por el «cagachín» generalizado. De esos barros y esos lodos le vino su irracional sentimiento patriótico (España, una, grande y libre) que no le abandonaría hasta la muerte. Pasó más tarde a formar parte del destacamento español en El Aaiún, en el Sahara español y residió temporalmente en Las Palmas de Gran Canaria desde donde volaba frecuentemente hacia la ciudad saharaui. Formó parte de la misión diplomática española en Liberia con sede en Monrovia, su capital. De esos días procede un huevo de avestruz que transportó hasta su localidad natal en Andalucía. Algún familiar recordaba esta anécdota, refiriendo que el huevo gigante rodaba y rodaba por el *soberao* de la casa familiar.

«El Mauro» (como le apodaban sus hermanos) fue ascendiendo de grado en el escalafón militar, llegando a capitán de aviación en breve espacio de tiempo, reciclándose convenientemente y a su manera en el aparato de poder del franquismo. Con la Marcha Verde (1975) puso pies en polvorosa en el Sahara Occidental, jubilándose de comandante al poco tiempo de estallar el conflicto. Eran frecuentes sus idas y venidas desde Las Palmas, su residencia habitual, hasta su pueblo natal en la provincia de Sevilla, no perdiendo nunca la típica fisonomía castrense incluso sin uniforme ya: alto, de pelo oscurísimo engominado y con fijador, el bigotito fascistoide, el pitillo impenitente en los labios, las copas diarias… Recuerdo una anécdota, de las muchas que tuve la oportunidad de vivir en la capital hispalense. Deambulando por el centro de la ciudad, se metió con su hijo en El Corte Inglés, decidido a comprar queso, dirigiéndose nada más entrar a la primera dependienta que encontrase:

—Señorita, por favor… ¿Alimentación?

Siendo convenientemente indicado, observó que su hijo enfilaba una dirección diferente.

—¿Adónde vas? —le preguntó con premura.

—A la sección de música a ver los discos —le contestó José Javier, dispuesto a repasar los últimos éxitos de la música *rock*.

—Tú estás *chalao,* macho. Anda, anda y déjate de tonterías que eso no sirve pa na —le contestaba con rabia y furor. Este tipo de actuaciones, frecuentes y hasta cierto punto comprensibles en un militar de posguerra, provocaban nuestras sonrisas, al margen de la intransigencia. Su férrea adhesión a la dictadura que le proporcionó adhesión y fe inquebrantables le hicieron desconfiar y rechazar el advenimiento de la democracia. No obstante, en el fondo de su corazón, no albergaba maldad ni violencia alguna, considerándose su postura como un producto de la época que le tocó vivir.

Pasó los últimos días de su vida en Las Palmas, su isla afortunada, (su mujer e hijos nacieron allí) con una pierna amputada debido en parte, a la mala circulación sanguínea producto de su empedernida afición al tabaco.

El hombre que tardaba demasiado

Genara (no le vamos a tratar de doña porque la envejecería y no es el caso) es una señora madura que ha tenido la mala suerte de enfermar de sus huesos, hasta el punto de ser intervenida quirúrgicamente de su extremidad inferior izquierda. Debido a ello, a Genara no le queda otra que reposar convenientemente mientras cicatrizan sus heridas y la prótesis de rodilla se afianza en su pierna. A Genara, mientras dure su recuperación, le atienden básicamente dos personas: una chica que se dedica al hogar con todas sus domesticidades o casi, y su marido de toda la vida que se dedica a completar ciertas ocupaciones domésticas incluidas en el «casi» anterior y algunos recados diarios en los que emplea buena parte de su tiempo, a los que se dedicó desde que fuese un niño con uso de razón (como se decía antes) y a los que sigue dedicándose desde que se jubiló. Ya se sabe, como dicen en mi pueblo. Jubilados: medicinas y mandados. El caso es que el marido de Genara (al que llamaremos Juan, aunque bien pudiera llamarse Antonio o Pepe) sale cada mañana de su domicilio dispuesto a los recaditos de rigor, unos días más y otros menos, no quedándole otra que lidiar con la fauna mundana que le inquiere, le pregunta, le interroga: ¿cómo sigue la señora de la casa?, a lo que él contesta unas veces escuetamente y otras no tanto, siempre contando con que la fauna mundana es cien por cien heterogénea y plural, y más aún en un pueblo, en donde como es sabido, el anonimato desaparece y se eleva el grado de confianza. De modo que quiera o no, Juan se entretiene, se le va el santo al cielo mientras las agujas del reloj van marcando la hora de manera inexorable y sin que el buen marido se aperciba del hecho.

Toda vez que Juan regresa a su hogar perorando sobre las incidencias ocurridas en la calle, Genara le corta abruptamente y, enfadada, comienza a protestar y a decirle a su marido que ha tardado tela marinera y que para ir por tres o cuatro mandados no se tarda tanto; y no es que la señora necesite urgentemente las compras que trae Juan, no, es que ella se impacienta de tal manera que no soporta esa tardanza: «Por Dios, Juan, que llevas tres horas en la calle para dos *recaos,* coño, que eso lo hago yo en cinco minutos, joder, el colmo de la paciencia». El marido se excusa, intenta que su mujer le comprenda o —en el peor de los casos— le dice que está equivocada, pero no sirve de nada. Mañana más de lo mismo: «Es que este hombre no tiene arreglo; que no, que no puedo yo con esa tranquilidad que Dios le ha *dao*».

Los días transcurren con idéntica parsimonia para Juan y con idéntica intranquilidad para su señora. Eso no hay quien lo cambie. ¡Qué difícil congeniar los extremos! Un día, otro día y otro más hasta que la situación se vuelve insostenible por los enfrentamientos que provoca.

Una mañana cualquiera vemos a Juan salir como de costumbre a sus actividades. Genara consulta la hora de vez en cuando; habla por teléfono con sus amigas, prepara algo en la cocina, contempla la tele y poco más; imposibilitada como está, los segundos le parecen horas y el tiempo es una línea sin movimiento. Calma chicha. Juan no vuelve a casa. Juan ha desaparecido por completo sin dejar razón ni información. Qué *jartura* no tendría para obrar de esa manera. Genara sufre lo indecible y las autoridades correspondientes realizan pesquisas improductivas. Nada se sabe. Nadie sabe nada. Nada sobre nada. Un caso extraño, la verdad. Juan no aparece.

★★★

Han pasado meses desde la desaparición de Juan y sigue el misterio. Ninguna pista sobre su persona ni de su posible paradero. Impotencia total. Su esposa, recuperada ya de su operación, se ha incorporado ya a la vida cotidiana con toda la resignación del mundo. Sus amigas le proporcionan refugio y consuelo ante la «viudez» forzada en que se ha convertido su vida. Un matrimonio como el suyo sin descendencia ni ascendencia posible es algo muy triste aunque, ya digo, las amistades salen al paso para darlo todo. No, no es la soledad lo que embarga.

Genara, es la falta de su media naranja, pues, a pesar de su incompatibilidad de carácter, Juan era, qué duda cabe, el amor de su vida. En todo y por todo.

Un año después de que Juan no diese señales de vida, Genara pasea una tarde por las avenidas principales de la ciudad acompañada, cómo no, por sus perpetuas amistades. Se dirigen hacia la zona de los grandes centros comerciales. La Navidad se acerca y ya se sabe: comprar, consumir y regalar. La avenida se atiborra de puestos de golosinas, chiringuitos y demás cosas para gastar, gastar y gastar. La concurrencia es óptima. El gentío es una piña alrededor del más variopinto consumismo. Así, como quien no quiere la cosa, Genara y compañía se acercan al concurrido número de las estatuas vivientes inmóviles como ellas solas, variadas a más no poder. De pronto, sin saber por qué, o quizá sí, atraída como por una premonición inconsciente, Genara pone el foco de atención en una de las hieráticas figuras y se dirige hacia ella sin más preámbulos. A un metro de distancia clava sus ojos en lo que parece ser un mago augusto o algo parecido, y antes de que pudiese gritar —no se sabe si de pena o de alegría— oye a la estatua decir: «Hola, Genara, al fin me encuentras, qué casualidad. Esto sí que es paciencia, tranquilidad o como tú lo entiendas, y lo demás es cachondeo».

En busca de un monte divino
como la copa de un pino

El aeropuerto nos esperaba a las cinco y pico de la mañana y, aunque la hora era bastante intempestiva, ya circulaba bastante gente por sus dependencias. A las seis y algo ya estábamos cinco parejas de amigos en cola, habiendo pasado los protocolos necesarios para embarcar. Un vuelo inmediato a Nápoles, anunciado en los paneles informativos, me recordó el libro que leía en aquellos momentos: «La amiga estupenda», novela que acontecía en la ciudad italiana, pero nosotros no íbamos a Nápoles sino a Nantes (Francia) y en breves momentos tomaríamos el avión.

Envuelto en las sombras de la noche, el pájaro de hierro despegó suavemente y pronto nos vimos inmersos en el rectilíneo viaje que todo vuelo supone; apenas unas imperceptibles turbulencias y, tras una hora y tres cuartos, aterrizábamos en suelo francés de manera impecable. Recién llegados y con un frío seco más intenso que el que dejamos en nuestra patria, nos dispusimos a recoger los coches de alquiler estacionados en un *parking* aledaño al aeropuerto. Nos pareció al pronto que aquello era como buscar una aguja en un pajar, tal era la inmensidad del *parking* y la cantidad de vehículos aparcados allí; pero no, no fue tal cosa, dimos con los Fiat al poco tiempo de iniciar la búsqueda y de allí hasta el hotel todo marchó sobre ruedas.

El hotel, pequeñito y suficiente. Para dos noches tampoco necesitábamos un cinco estrellas ni cosa que se le parezca. Solo dormir y desayunar para salir pitando en busca del *free tour* por

Nantes, en una mañana espléndida (buen tiempo sin excesivo frío) e informativamente sustanciosa. Curioso saber que durante la ocupación nazi la ciudad fue bombardeada erróneamente por los aliados. Tras las descripciones históricas de rigor, el guía pasó a las correspondientes recomendaciones gastronómicas que, al fin y al cabo, es lo que deseamos la mayoría de los mortales. Después de deambular por varias plazas y avenidas, el que suscribe necesitó de alguna manera aliviar el vientre, cosa que debió hacer en el hotel después del desayuno, como de costumbre, y no tuvo más remedio que buscar un servicio o *toilette* (nunca mejor dicho) desesperadamente sin tener ni idea de local alguno ni de idioma a utilizar. En vez de preguntar al guía (cosa que ni se me pasó por la cabeza, acuciado como estaba) cogí por mi cuenta la avenida abajo sin vislumbrar solución alguna. Cuando el parto se viene encima y no sabes qué hacer, parece que el mundo se acaba. Localicé al pronto un pequeñísimo restaurante chino (el único local abierto en aquella temprana hora) y rogué a la chinita presente que me hiciese el favor de los favores. Me negó la petición con cara de pocos amigos. Le pedí *bière ou vin rouge* por hacer consumición y gasto… O no me entendía (mi dominio del francés dejaría que desear) o no lo pretendía siquiera… Regateé con cara de pena señalando con mi dedo índice mis posaderas en un intento mimético desesperado… Lo bastante para que, molesta e irritada, me enviase directamente a la *toilette*… Al fin la satisfacción… La evacuación… El bienestar. Salí de allí ufano y radiante, no sin antes mostrarle a la china un billete de cinco euros por agradecimiento, el mismo que me rechazó disconforme con mi actitud. Mi *merci* sonó rotundo, sincero, aunque ineficaz. Al volver sobre mis pasos, divisé a lo lejos al grupo del *free tour* y me reintegré sonriente junto a mi señora, la cual me interrogaba con la mirada deseosa de saber del resultado de mis aprietos.

Llegada la hora de comer, guardamos cola en L'entrecôte, donde, una vez acomodados, degustamos una excelente carne con patatas y unos profiteroles que quitaban el hipo. Después de los cafés enfilamos para el puerto y, cruzando el Loira (catamarán incluido), visitamos el barrio de pescadores, un lugar de casitas con encanto *naïf* y fachadas de colores vivísimos. El paseo a través del Loira nos gratificó enormemente bajo un sol agradable. Por la noche acudimos a una *crêperie bretonne* en donde dimos buena cuenta de algunas especialidades del lugar, concretamente de unos Gargantúas que aplacaron nuestro apetito, tan activado después de las interminables caminatas que llevábamos desde el alba. No en vano, recordé a propósito al personaje rabelesiano de la obra teatral, en donde Gargantúa era un rey gigantesco que comía y bebía desaforadamente sin hartazgo alguno. Después de una jornada tan movida deseábamos la cama urgentemente.

El segundo día en suelo francés supuso el cambio de Bretaña a Normandía, pues nuestra meta iba dirigida a visitar la famosa Abadía del Mont Saint-Michel, de manera que nos desplazamos unos doscientos kilómetros en una brumosa mañana a través de una autovía recta y plana, monótona como ella sola, aunque unos veinte kilómetros antes de nuestro destino nos desviamos por carreteras secundarias hasta parar en un pueblecito a reponer fuerzas. Nadie diría ni pensaría que en aquel lugar apartado íbamos a sufrir un contratiempo en principio importante: las llaves de uno de los coches se quedaron dentro con las puertas cerradas. He aquí lo que ocurre cuando se está de cháchara insustancial y te confías. Domingo, a las 10 de la *matin* y con toda «*la grandeur de la France»* por delante. Ir y venir; probar a abrir con objetos inadecuados: sin solución posible, al menos a corto plazo. Penetramos en un local pequeñito en donde tomar café y platicar con aquellos «franchutes» que no nos entendían para nada ni nosotros a ellos. La barrera del idioma, *oh là là.* Un parroquiano de gran mostacho canoso ante una copa de vino (o lo que fuese, alcohol seguro, por lo que inmediatamente se verá) repetía en alta voz: «*la voiture… bla, bla, bla, la voiture…*» Sí —le contestaba yo—, y ¿qué hacemos con *la voiture*? Desesperados salimos al exterior, consultando nuestros relojes y comprobando que el Mont Saint-Michel nos esperaba en un horario determinado. Decidimos que el coche «sano» partiera con cinco ocupantes (éramos diez, no se olvide) para su destino, mientras el «accidentado» esperaría la varita mágica para ponerse en marcha. A todo esto, el caballero de «*la voiture*» salía del local dando traspiés y perorando gangoso en dirección a su auto cercano, tal era la «torta» que llevaba. De pronto, un rayo de luz alcanzó la mente del chófer del vehículo parado, recordando que tenía un lejano pariente francés —¿y ahora lo dices?— que podría ayudarnos. A partir de aquí todo marchó sobre ruedas (nunca mejor dicho). Varias llamadas telefónicas dieron como resultado que en menos de una hora se personase en el lugar un operario de ayuda en carretera, con grúa por si acaso, y en cinco minutos escasos abrió el coche valiéndose de un cincel plastificado y un alambre de cobre. Perfecto; coche en marcha camino de la abadía, gracias a la eficiencia francesa, *«la grandeur»,* ya digo.

Toda vez que el segundo auto se reunió con el primero, reunidos todos ya en las faldas del Divino Monte, comenzamos la lenta ascensión por escaleras interminables flanqueadas por locales y garitos turísticos hasta llegar a la abadía propiamente dicha. Ante las escaleras que presumiblemente nos invitaban a seguir ascendiendo, varios del grupo preferimos quedarnos allí, a media ascensión, por motivo de articulaciones doloridas, dedicándonos a contemplar las maravillosas vistas que se nos mostraban desde lugar tan privilegiado. Los gorriones y gaviotas desafiaban el vértigo picoteando y saltando por el verdín de aquellos muros sagrados. El lugar donde Bilbo caminó hacia El Hobbit en la película de Peter Jackson. Hay constancia de ello. Impresionante observar a vista de pájaro, a una gaviota posada en una almena graznando desaforadamente a una gárgola, como si la estuviese retando. Majestuosas las olas suaves que besan literalmente el limo de la playa, envuelta esta en brumas poco menos que celestiales. Una visión que indudablemente permanecerá en nuestra memoria.

Bajando con parsimonia los sucesivos escalones y llegada la hora del yantar, nos aposentamos en un restaurante típico para degustar los manjares de la casa: pescados y quesos varios más ensaladas y postres exclusivos. Una verdadera delicia. Volvimos sobre nuestros pasos desandando la pasarela de acceso al Monte. La tarde va cayendo. Los autos nos esperan y son doscientos kilómetros de camino de vuelta a Nantes con neblina incluida y autovía a tope (domingo por la tarde, regreso a los hogares).

Ya en Nantes regresamos al hotel. Siete de la tarde. Salir para cenar. Después de la jornada epopeya no quedan fuerzas para mucho más, de modo que, sobre la hora señalada, nos dirigimos hacia otro lugar singular. Así reza la leyenda: «*Peut-être la plus belle Brasserie du monde. La Cigale n'est pas un* restaurant *comme les autres*». *Art déco*, restauración siglo XIX, increíble decoración…

Ante tamañas recomendaciones, *manger* será increíble. Así pensamos y así resultó. Entre ostras acompañadas por el famoso blanco Muscadet, el vino más propio de Nantes, cositas ricas que se derriten en el más exquisito paladar. No exagero y perdón por hacer la boca agua y excederme en tanta excelencia, pero no fue de otra manera y la falta de costumbre hace extraordinario un momento como este.

De vuelta al hotel, café y copas. Café descafeinado, claro, para dormir a pierna suelta, aunque aún quedaba un ratito musical propiamente dicho. En el *living* con tertulia adecuada, descubrí una pequeña guitarra, ni clásica ni flamenca, más bien acústica y pequeñita que nos entretuvo alegremente hasta que las telarañas del sueño hicieron su aparición. «Porrompompero», «Los ejes de mi carreta», «Tres cosas hay en la vida», «Sevilla tuvo una niña», «Dos cruces» y así. Coplitas de todos conocidas para un guitarrista aficionado y poco ensayado, aunque dando el «avío», como decimos en Andalucía, o sea, el *savoir faire* de los franceses, los cuales batían sus palmitas más bien sositas, a su estilo, imitadores a lo Mérimée (ya saben, la Carmen de España y eso) recepcionistas a la *«force»*. *«Se acabó»* —dije en voz alta. Y con María Jiménez— «Porque yo me lo propongo» —se acabó el jaleíto. Cada mochuelo a su olivo, oigan, sonrieron los franceses murmurando entre ellos algo así como: «Ya se van estos pesaos, menos mal». La cama después del día de hoy es una bendición. Mañana será otro día.

Y, efectivamente. Mañana ya es hoy, último día. Desayuno y puerta. Cuanto antes camino del *airport*. Entregar los autos de alquiler previo combustible reintegrado lleva su tiempo. Rollos de controles y colas lleva su tiempo. Tiempo + tiempo

+ tiempo +… lleva su tiempo. Tiempo *perdu*, pero no hay otra. Embarque, protocolos, «abróchense los cinturones, *s'il vous plaît*» y… ¡despegamoooos!

Con un retraso de media hora. Buen tiempo, vuelo raudo, rápido, veloz. En apenas hora y media, aterrizando en Sevilla. *C'est la vie.*

Muñequito

Todo el mundo lo conocía por su apodo: Muñequito, debido a su cuerpo debilucho, pequeño, como desmadejado de lasitud y galbana cual un muñeco de trapo. Heredó de su familia el negocio de la funeraria local sin ningún tipo de competencia en pueblo tan pequeño y, por lo mismo, gozaba de ciertos beneficios aunque no siempre fue así. En sus comienzos cuando la guerra civil, participó en retaguardia recogiendo cadáveres que trasladaba hasta sus lugares de reposo eterno, desplazándose con su coche fúnebre conocido popularmente como La Cacharra, un vehículo desvencijado y tembloroso cuando accionadas al arranque con manivela le rugían las entrañas.

—¡Atenciooón, ya viene la cacharra de Muñequitoooo! —gritaban los niños a coro cuando divisaban el viejo auto entrando en el pueblo.

Muñequito contrajo matrimonio con Raimunda, una moza grande y bravía de armas tomar que contrastaba con él en todo y por todo. Tal era de afable el carácter del marido que soportaba con entereza los aspavientos y escenas que le montaba su mujer por lo más mínimo, pero antes de que llegara la sangre al río (como suele decirse), Muñequito cogía la puerta y se iba a la taberna dejando a Raimunda con la palabra en la boca. Cuando volvía, se la encontraba en la puerta platicando con las vecinas y el pobre hombre saludaba cabizbajo y tímido entrando en casa hasta el día siguiente, no sin sufrir la mirada despectiva de su

33

esposa que, comiéndoselo con los ojos, le espetaba muy bajito: Anda, anda, calamidad, entra pa dentro de una vez.

Muñequito frecuentaba las tascas a diario para quitarse las penas y cuando alcanzaba el nivel de alcohol necesario charlaba y charlaba lo que debía y lo que no debía, convirtiéndose en las antípodas de lo que verdaderamente era cuando estaba sobrio. No es que se emborrachara, no, solo se achispaba lo suficiente como para estar a gusto y despacharse a placer con sus contertulios. Su afición a los naipes le ocasionaba algún que otro desliz porque tenía mal perder. Tal era el grado de implicación que ponía en el juego, que a veces la discusión y el encono llegaban a mayores como le ocurría con su compañero Pataflaca (otro apodo), un individuo con malas voces, largo y fino como un espárrago. Muchas eran las noches en las que Muñequito, después de acabar las partidas, llegaba a casa con cara de pocos amigos, aunque a veces —las menos— el buen humor irradiaba su estampa de hombre satisfecho, señal de que le había ido bien en el juego. Como quiera que fuese, Muñequito no ocultaba sus ambivalencias de carácter y, según le fuera, así actuaba; de manera que después de grandes trifulcas, día sí y el otro también, la cosa pasó a mayores con su contrincante Pataflaca, hasta el punto de que llegaron a las manos, siendo necesaria la presencia de la autoridad municipal para suavizar el ambiente. A partir de aquí, la rabia de Muñequito se le encalló en las mientes, urdiendo una telaraña de difamaciones más o menos reales sobre Pataflaca, el cual, sintiéndose herido, no dudó en darle una lección al odiado empresario de lo fúnebre.

Una mañana de invierno cerrada en agua apareció el cadáver de Muñequito no lejos de su casa, junto al callejón de la fuente, un lugar de escasa luz al anochecer. Evidentemente el crimen sucedió la pasada madrugada, también pasada por agua, y por lo mismo, ningún testigo ocular presenció nada. El cuerpo del desgraciado mostraba una profunda herida en el pecho, seguramente realizada por arma blanca. Hechas las pesquisas pertinentes, las autoridades no consiguieron ponerle nombre al asesino de Muñequito, porque si bien estaban en la onda de la forma de vida del finado y su modo de emplear el tiempo libre, incluso en las rencillas y tropezones que tenía con Pataflaca, tampoco —pensaban— era el asunto tan grave como para llegar a ese extremo.

Fue pasando el tiempo, lejos ya de las habladurías y murmuraciones que levantó el caso, cuando una simple conversación puso el dedo en la llaga y descubrió al autor del crimen. Sucedió una noche en que Pataflaca, pasado de copas tras una larga sesión de cartas, entabló conversación y posterior discusión con un parroquiano, y llegado el clímax de los reproches, agarró por las solapas a su oponente susurrándole con rabia en los oídos: ¿A que te mando al otro barrio como a Muñequito?

Una incógnita inquietante quedó desvelada y la delación fue instantánea, dada la inquina que aquel parroquiano le tenía al asesino. Cuál no sería la sorpresa de conocidos y allegados cuando recordaron que Pataflaca, para pasar desapercibido, acudió en su día al entierro de Muñequito. No cabía mayor sangre fría.

Libre, libre quiero ser

Con las primeras luces de la atardecida cundirá el desespero, la alerta urgente de la desaparición de Cándida y el desgarro familiar ante la tremenda evidencia. Pronto se inició la búsqueda. Números de la guardia civil más voluntarios desplegaron la comitiva a la luz de antorchas y linternas, envueltos obsesivamente por el moscardoneo incesante de nubes de mosquitos en la densa noche de verano.

Al amanecer hallaron una pista: la aparición de una conocida cadena dorada junto a los raíles de la vía, los cuales fueron peinados a todo lo largo bajo el sol implacable, el cual destellaba refulgente al contacto con los malditos raíles tan prosaicos, tan solitarios como aquellas líneas paralelas hasta el infinito. No tardó en imponerse la lógica, el contacto con los trenes que cubrían el trayecto por si veían a la loca, a la caprichosa tarada que traía a todo el mundo de cabeza; mas surgía la duda terrible de que hubiese abandonado la vía recta (pasito a pasito, como le enseñaban en casa, en equilibrio; eso es, muy bien, Cándida) y tirase campo a través.

—¡Qué desazón tan tremenda! ¡Qué vacío inconsolable! ¿Qué motivo tenía para escapar?

¡Con lo bien atendida que se le veía! ¿A qué viene esta jugada, Cándida? —se preguntaba la familia ante vecinos y autoridades desplazados hasta el lugar para prodigar atenciones y consuelos.

La vía del tren aparece en toda su extensión como una recta infinita e inacabable, perdiéndose a lo lejos hasta donde alcanza la vista, fundiéndose con un horizonte de cielo y nubes lejanas.

La vía del tren brilla a todo lo largo de la mañana de agosto, justo en los momentos en que Cándida deambula sola y cabizbaja. Un pie detrás de otro, despacito, los brazos en cruz como el Cristo crucificado que ha visto en procesión, jugando al camino del Calvario, como si ella no tuviese su calvario particular. Un viaje interminable con una característica: caminar, caminar y caminar sin rumbo fijo, eso era seguro. Marchar hacia adelante, siempre adelante sin volver la vista atrás para que no se convierta en una estatua de sal. No volver a oír las quejas ni los reproches que tanto te hieren, no.

Bien entrada la mañana se encuentra lejos, bastante lejos de la casa familiar maltratadora y carcelera. Si acaso intentará parar en cualquier ventucho o casa de campo a pedir algo que llevarse a la boca, por si alguien se apiade de ella, aunque enseguida tirará para cubierto porque sabe que no muy lejos empieza el bosque impenetrable hasta cruzar la sierra y así y así hasta…

—Con este tipo de enfermos nunca se sabe, oiga, lo mismo la han raptado —opina la familia.

—Uno está tan tranquilo y ¡zas!, de repente desaparece —comenta el padre de la criatura.

—Miren —vuelve a tomar la palabra el uniformado—, pensar en un rapto no cabe en cabeza. ¿Con qué objeto raptar a una criatura así, con todos los respetos, de tan escaso valor para los raptores? ¿Pedir recompensa? ¿Trata de blancas? Difícil lo veo.

Conjeturas aparte, lo cierto era que Cándida no daba signo de vida alguno y nadie comunicaba paradero o posible rastro, salvo aquella minúscula cadenita que tampoco aportaba gran cosa. Otra noche más entre mosquitos y estrellas bajo el denso manto del cielo y la embriaguez de los olores de la jara y el tomillo, de la zarza y de la sierra, en una búsqueda aparentemente inútil que se prolongaba absurdamente contra todo pronóstico.

—Ya ves, y todo por una loca —peroraban los guardias por lo bajini.

—Si al menos estuviera cuerda —vuelta a murmurar.

Y así, horas después, hasta llegar al valle y llevar casi dos días con una familia de gitanos, nómadas de carromato y bestias, en amor y compaña, comida y aseada, aventurándose, por suerte, en esa extraña comunión de raza e inocencia; poderosos aliados que harían más que difícil el rescate y que ocasionó algún que otro desvarío con los elementos de la guardia civil. Al fin consiguieron rescatar a Cándida sana y salva, después de no poca paciencia, miramiento y afecto (así, despacito, nena, un pasito, luego otro, guardando el equilibrio…). Se impone el retorno, la vuelta a casa. Un no sé qué le enmaraña la mente como una red, como una trampa honda y oscura. Con el sol alto pegando en la nuca, recostada, no obstante, en el hombro más fraternal que le sirve de almohada. Silencio denso del verano, apenas alterado por el zumbido de moscas pegajosas que se adhieren al cuerpo y la maraña de la mente dando vueltas y más vueltas.

Ya en casa observa lo de siempre con ojos implorantes: los gestos amenazadores, las inquisitivas miradas, el espionaje sistemático de cada movimiento suyo. Y a los pocos días de la vuelta mirando obsesivamente la puerta, si está cerrada o no, la llave, ojalá la pillase otra vez. Quisiera salir en busca de la vía, de los raíles salvadores que la llevan lejos, la ocasión de escapar del tedio. Con las primeras luces del alba y los tibios rayos del sol naciente, coger el camino y empezar de nuevo: pasito a pasito, venga, primero una pierna y luego la otra. Así, nena, guardando el equilibrio, lo hacemos por tu bien, hija.

Un tesoro bien guardado

El abominable reptil salió a la amanecida, cuando los pájaros despiertan en las fornidas copas de los cipreses interrumpiendo el sosiego, la eterna paz del camposanto. La noche, tan tenebrosa para muchos, preserva a los muertos del runruneo diario y un halo de misterio se yergue infausto en la tiniebla, interrumpida ahora por el clarear del nuevo día. El inmenso, el terrible reptil, abandona entonces su morada y vaga libre por las espesuras de los setos hasta que el astro rey esconda su rostro tras el horizonte. Así, cumpliendo el rito acostumbrado, volverá a penetrar en el sarcófago de siempre para proteger el tesoro de su amo: aros, gargantillas, pendientes, brazaletes… Todo un cúmulo de metales preciosos en oro y plata custodiado hasta el fin de los tiempos.

El notario, oscuro y siniestro, lo estipuló así en el testamento, ante la inexistencia de herederos y la apabullante soledad en la que su cliente se encontraba. ¿Su última voluntad?: alejar la codicia humana mediante un gigantesco ofidio que protegiese el féretro, cual faraón egipcio en tierras de Menfis.

Algunos depravados intentaron violar la cámara mortuoria, mas sufrieron en sus carnes el merecido castigo: asfixiados unos por los anillos constrictores de la bestia; envenenados otros por los afilados colmillos del mortífero, del diabólico guardián. Lo cierto, lo verdadero, es que hay quienes aseguran que se trata de algo sobrenatural de raíz maligna, porque… ¿A santo de qué se oyen las inquietantes carcajadas que provienen del fondo de la tumba?; ¿Por qué ese silbido estridente que taladra inmisericorde los oídos de los más sordos? ¿De dónde viene la música nocturna que reproduce el tema *Sympathy for the Devil,* como si sus satánicas majestades tuviesen vela en este entierro?

La bondad

Los recuerdos simplemente se suceden. Aparecen de pronto detrás de una fotografía y luego van pasando poco a poco por delante de nosotros. Es por eso, para no volver a perderlos, por lo que hoy me he puesto a escribir después de tantos años sin verlos, los pies de estas fotografías que mi madre guardó y conservó hasta su muerte y que, como carteleras viejas, resumen en sus imágenes la película de un tiempo que se fue quedando olvidado en lo más hondo de mi memoria.

JULIO LLAMAZARES
Escenas de cine mudo

Tanto das, tanto eres, tanto vales Y hay personas felices, que pasan de un sueño rosado, de un sueño tibio y dulce al sueño largo y frío

DÁMASO ALONSO
Hijos de la ira

En la historia siempre han existido seres humanos que trabajaron toda la vida, y que trabajaron mucho, solo por amor y entrega; que dieron literalmente su vida a los demás con un espíritu de amor y entrega; que sin embargo no lo consideraban un sacrificio; que en realidad no concebían otro modo de vida más que el de dar su vida a los demás. En la práctica, estos seres humanos casi siempre han sido mujeres.

MICHEL HOUELLEBECQ
Las partículas elementales

Esta es una historia cotidiana, sencilla. No se detallan aspectos morbosos, ni heroicos, ni detectivescos, ni nada que no sea una vida corriente como muchas otras, entretejida de sentimiento y nobleza.

¡No se muere, es niña!

Ya estás saliendo por las puertas de tu casa.
De madrugada, estrellas en la noche te acompañan
en tu viaje definitivo.
21 de julio de 2021

A Emilio, tu padre, no le hizo gracia que fueses niña. Eras la tercera que venía al mundo, y eso como que metía la pata de alguna manera. En aquellos años primorriveristas lo ideal era perpetuar la especie del varón para heredar lo masculino, sinónimo de fuerza y vigor, aunque aquello iba más en lo imaginario que en lo real.

—¡No se muere, es niña! —le decía a los amigotes, mostrando su más que evidente frustración no exenta de cierta sonrisilla confusa.

—Qué se le va a hacer, habrá que apechar con lo que hay —clamaba a los vecinos. Panadero de profesión, Emilio sorteaba su lamentado infortunio con las medias pintas de mosto y el tabaquillo de picadura que le suministraban sus hijas, las «Emilitas».

—Venga, Francisca, prepárame el cocido que mañana me espera la pala —le exigía a su mujer, trabajadora incansable a la par de él y ama de cría de los infantes de Aguiar, bien avenidos pudientes. En este ambiente creciste hasta los nueve años, edad en la que abandonaste la escuela cuando dominabas el segundo manuscrito y tu caligrafía era inmejorable.

—¡Qué bien lees, qué bien escribes! —te decían cuando doña Teresa ejercía su magisterio imponiendo el terror a sus alumnas mediante tirones de moños y cachetazos al canto.

Nueve años sí, nueve años cumplías cuando tu padre murió de una pulmonía —bendita penicilina, ¿por qué no estabas aún en el mundo?— al salir de madrugada sudando, al relente de enero, después de una jornada nocturna cociendo pan.

Viuda y con tres hijas, Francisca dispuso su economía familiar con los menesteres de la época: costura y servidumbre. Costura para tu hermana mayor; servidumbre para las dos menores. Sí, así era, no es exagerada la expresión. «Servidumbre» según la RAE tiene dos acepciones:

1. Condición y trabajos propios del siervo.
2. Conjunto de personas que trabajan como criados en una casa.

Te dispusiste, pues, a «servir». Primero en tu localidad natal, después en casas de cierto «empaque», fuera ya del entorno local y hasta con cierta proyección hacia ciudades importantes, como ya se contará. Y llegaban los sabañones que en los inviernos te moreteaban las manos con el agua helada, aunque llegaban los ungüentos que remediaban en lo posible el mal circulatorio, porque pasabas frío, según decías. Y cuando por este motivo cambiabas de casa —pobrecita mi niña— tu cuerpo lo agradecía, sobre todo tus manos. De la Calleja al Muladar, del Muladar a la Ermita, de la Ermita a… y así en ese ir y venir pasaban los días. «Esos días azules y ese sol de la infancia», últimos versos machadianos perfectamente acordes con tu vida tan anónima, tan invisible, tan insignificante.

Eran los tiempos de Conchita «la gatita», tu amiga íntima que más adelante, adolescente ya, se iría a la ciudad fluvial interrumpiendo una casi única amistad porque, reconócelo, amistades, lo que se dice amistades, no tenías muchas la verdad, dado que tu carácter era más bien solitario.

Te voy a hacer un monumento

Tener de vecina a «La Machita» era un engorro puesto que nadie quiere soportar los problemas que conlleva lindar con una casa de mala nota. Tu madre las tenía con ella por varios motivos: el pozo medianero que compartían, con sus porquerías añadidas por las actividades ilícitas de sus moradores; los conejos que escalaban la tapia y mordisqueaban las flores.

—¿Por qué no recoges los conejos, «Machita»? ¡Anda, coño, si tú no has sabido recoger ni el tuyo! —le espetaba Francisca.

A todo esto, la puerta de la calle preñada de clientes esperando impacientes…

—¡Que pase el siguiente!

Iban las tres «Emilitas» paseando por la ermita en la tarde interminable del verano:

—Dolores, Concepción… ¿y esta quién es? —preguntaban las vecinas señalando hacia la más pequeña.

—Pues quién va a ser, nuestra hermana —contestaban las dos.

—Ah, vaya, no la conocíamos —terciaban las interesadas.

Eso pasaba porque apenas pisabas la calle, Agapita; no se puede ser tan vergonzosa ni tan tímida. Consejos y más consejos, y tu adolescencia marcando los contornos hasta llamar la atención.

—¡Te voy a hacer un monumento! —exclamaba José María, el guardia municipal al cruzarse contigo en la plaza, y los colores se te subían al rostro lo mismo que cuando recibías en el cine una lluvia de caramelos lanzados por Mariano, aquel advenedizo ya prometido y que andando el tiempo adquiriría cierta prosperidad.

A veces os desplazabais las tres a la ciudad fluvial de visita familiar, a casa de vuestro primo el carpintero, aquel que en el momento en que aparecíais bromeaba diciendo: «Ea, ya están aquí las catetas del pueblo» y estallaba en risas y abrazos. Pobre primo, hermano de la hermandad del Baratillo (Miércoles Santo, cita obligada en la calle Adriano), muerto de repente años después en una playa de Huelva.

Posteriormente te trasladaste a casa de tus tíos Curro y Virginia, a los pabellones militares del barrio de Bellavista, ya en plena República. En aquel lugar aterrizaba con su avioneta deportiva el famoso capitán Haya, flanqueado por un enjambre de críos que le recibían jubilosos. Jubiloso él cuando tras las maniobras de rigor recibía el beneplácito de la concurrencia. Tres primos militares, tres, maniobraban por aquel entonces en el ir y venir del cuartel de Infantería cercano. Tres primos vuestros que correrían distinta suerte durante y tras los avatares de la contienda próxima. Alguna anécdota recuerdo de Rafael, el que se ennovió durante la guerra con una bella señorita que, después de efusivas cartas amorosas, se la estaba pegando con otro, hasta el punto de que después de tanto noviazgo acabó casándose con ese otro. Juró sobradamente que jamás de los jamases se comprometería con mujer alguna. Y cumplió su promesa. Tan desengañado quedó. Permaneció soltero el resto de su vida y murió solo en el Hospital Militar Hispalense, allá por los años setenta del pasado siglo. Un hermano de Rafael, cuyo nombre no recuerdo, tuvo la ocurrencia graciosa de «echarse una novia» bastante poco agraciada físicamente, y cuando la familia le preguntaba: «¿Cómo es que sales con esa muchacha tan fea?», él contestaba sin tapujos: «Para qué quiero yo una mujer tan guapa a mi lado, para que me pase

como a mi hermano; déjalo que sea fea, así no me la quita nadie».
El menor de tus primos militares se llamaba Manuel, Manolo
para vosotros, y según comentabais anduvo metido en trapicheos
acerca de unos suministros o repuestos del que no salió demasiado
bien parado, aunque al final de las averiguaciones salió airoso del
trance. Era el hermano de menor graduación (los dos mayores
llegaron a capitanes) y en un momento determinado tiró los
galones y abandonó la vida militar, motivo este que desconozco,
aunque no tuvo nada que ver la situación antes mencionada. Yo
lo conocí en vida cuando de vez en cuando venía a visitarnos
con su familia. Aún portaba el típico bigotillo tan castrense que
siempre le caracterizó.

En aquellos pabellones militares de Bellavista se desarrolló
tu vida durante un tiempo anterior a 1936. En casa de tus tíos y
primos os dedicabais a las faenas propias del servicio doméstico
y ocurrían cosas como la siguiente:

—Anda, Agapita, llégate a casa del brigada X (un nombre
como otro cualquiera) para echarle una mano a su señora, que
no puede con «tanta carga» —mandaba tu tía. Allá que ibas tú
a echar esa mano en un momento tan esperpéntico, que no
te quedaron ganas de volver. Así se lo comunicaste a tu tía. El
militar X, borracho como una cuba, no dejaba de arrojar latas
de conservas y cajas varias por las ventanas, mientras peroraba y
gritaba a su mujer, que lloraba y lloraba sin remedio.

Sevilla en llamas:
la guerra ya está aquí

Se veía venir, se presentía. La radio no dejaba de proclamar consignas y alarmas. De boca en boca corrían las amenazas como vendavales por caminos y campos.

Desde el balcón veías el deslizamiento de los falangistas avanzando muy suyos calle por calle, requisando, intimidando en lugares sospechosos. Situaciones tensas y comprometidas, aunque en tu pueblo no hubiese oposición a los sublevados. Desde la azotea veíase Sevilla envuelta en una gran humareda tan negra como el carbón. Las detonaciones y el estruendo, el ronroneo de la aviación rasante y el sordo murmullo de los beligerantes te sumieron en una gran congoja.

La ciudad fluvial (así llamada por un conocido novelista de la nueva narrativa andaluza) fue tomada en un santiamén por el golpe de mano propiciado por Queipo; aquel general que tú oías por la radio incitando al patriotismo según unos o al patrioterismo según otros, siempre confuso a sabiendas. Allí estuvieron tus tres primos militares, en el asedio de Telefónica y el Hotel Inglaterra, en pleno centro. *Sevilla tuvo que ser…*

Desde el Aljarafe cercano se divisaba el barrunto de los efectos del golpe y días después del asedio, aplacados los primeros compases del estruendo, el coche viajero (así llamabas al autobús) bajando desde Al-Xaraf por la Cuesta del Caracol, desembocando en La Pañoleta y entrando por el puente de «tablas» de El Cachorro, mostraba una ciudad alucinada en blanco y negro, con cadáveres en las cunetas, en las aceras; una tizne flotante, un persistente olor a pólvora, una calle Castilla destartalada y hosca; hasta llegar a la parada, detrás de Reyes Católicos frente al Puente de Triana. Todo despavorido, desconchado, muy sucio y entristecido. *Sevilla tuvo que ser.*

Y tuvo que ser que los sinsabores de aquellos días anidaran en tu familia materna: tu primo Antonio, anarquista convencido, propietario de una tienda de comestibles que fiaba a los más desfavorecidos, que incluso regalaba alimentos de primera necesidad a los pobres en solemnidad (como se decía entonces) y padre de tres niñas no bautizadas (ya imaginarán el porqué), fue localizado por los falangistas de turno en el momento, en el preciso momento (según las «autoridades») en que estaba componiendo «versos marxistas». ¡Toma ya! Otro más al paredón, y van… Como verás, tu vida entre dos bandos. Azules y rojos; derechas e izquierdas; creyentes y ateos. La barbarie en tu familia. Los unos y los otros, minúsculo acontecimiento local para el mayúsculo acontecimiento nacional: la contienda fratricida. No pudo ser de otra manera; los hilos de la Historia son imprevisibles por mucho que queramos añadirle un componente racional. Pero tú tranquila, tú del lado nacionalcatólico que para eso tu pueblo se pintaba solo, no era el caso del vecino pueblo de tu madre, que era justo el caso extremo. Por aquellos días tu hermana mayor, la costurera, se prometió con un exlegionario rudo y recio cuyo único patrimonio consistía en una piara de cabras a medias con otro. Pobre José, que no llevabas un año de casado y te marchaste al otro barrio dejando viuda sin descendencia, y eso que bastante lata le dieron a la costurera para que no se casara tan pronto, porque ya de novios apareció la enfermedad sin cura. Otro más que se va sin penicilina. ¡Ay, bendito Fleming!, cuánto tardaste en sacar la fórmula magistral y cuánta miseria trajo la guerra y más aún la posguerra con sus carencias radicales, sus alimentos raquíticos y sus medicinas requisadas. Si no lo he dicho antes lo digo ahora: esta es una historia con más sombras que luces. Una historia similar a la del 80 % de las familias españolas de entonces con un denominador común: la lucha por sobrevivir.

Se acabó la guerra:
el muerto al hoyo y el vivo al bollo

No se acabaron los males, no. Atenuados, pero presentes.

Un pariente tuyo, recio y robusto como un roble, fue abordado mientras realizaba labores campestres por unos individuos oscuros y siniestros los cuales, tras aplicarle un somnífero (cloroformo quizá) le extrajeron su buena cantidad de sangre, dejándolo a la intemperie hasta que fue atendido en la Casa de Socorro típica. Esta era la sangre —decían— que necesitaban y pagaban los ricos ante una situación grave. La sangre escaseaba hasta en los cuerpos de los sobrevivientes. Un dolor sordo, lacerante, prolongado en largos e inmisericordes días extenuaba de continuo a las familias. Una carestía que iba a durar quién sabe cuánto tiempo. Tirar hacia adelante a duras penas. No había otra. Las tabernas, el baile, el cine y poco más ponían el punto festivo en contadas ocasiones. A ti te gustaba mucho Imperio Argentina. No dejabas de citar *Morena Clara;* también Estrellita Castro. «*Mi jaca/galopa y corta el viento/cuando pasa por el Puerto/caminito de Jerez*». Y *Cumbres borrascosas,* con Merle Oberon y Laurence Olivier, y lo bien que te aprendiste los nombres de los actores para no olvidarlos incluso en tu actual estado de demencia, después de tantos años. Buena memoria tenías y buena receptividad para los nombres de personajes, actores, políticos y demás figuras de la escena mundial. Excelente caligrafía sin faltas ortográficas. Demasiado para tu escasa escolarización. ¡Ay! Si hubieses estudiado; mejor aún, si hubieses nacido 30 años después. Pero no. Te tocó vivir lo más duro. Y vuelta a la servidumbre con tu hermana Concha. A propósito, qué buena parvulista hubiese sido tu hermana, con esa predisposición innata para bregar con los tiernos infantes. El mundo fue muy injusto, Agapita. Personas capaces de dar lo más grande a cambio de una simple manutención.

Un militar itinerante
con una gran despensa

Ya en los primeros años cuarenta —los años del hambre y de las cartillas de racionamiento— no sé cómo ni de qué manera llegaste a formar parte junto con tu hermana Concha de los servicios de un capitán o comandante del Ejército de Tierra. No recuerdo la graduación que me dijiste, aunque sí que era de Intendencia, con lo cual el sustento estaba asegurado, algo sumamente valorado entonces dadas las necesidades obvias tras la guerra. O sea, que adonde quiera que se trasladase este mandamás con su séquito allá que le acompañaba todo tipo de manutención, preferentemente víveres, combustibles y vestuarios. Dada la movilidad geográfica de los cuerpos del Ejército, este militar cambió varias veces de residencia, llevando consigo a su familia (que no era poca) y sus respectivas chicas de servicio.

Tres capitales de provincia fueron los destinos asignados: Zaragoza, Madrid y Córdoba. No sé a ciencia cierta cuál fue la primera ni cuál fue la última, aunque sí puedo afirmar que este periodo temporal transcurre más o menos desde principios de los cuarenta hasta ya entrada la década de los años cincuenta, y que el orden que he citado es el que en realidad aconteció. Seguiré, pues, este orden.

Zaragoza no fue santo de tu devoción. No te gustaba el clima para nada. Decías que para Santiago apóstol (25 de julio) llovía y venteaba tremendamente; ya ves, cuando en tu Aljarafe sevillano luciría un sol espléndido en una festividad a señalar. Un día grande; en cambio en la ciudad maña, con toda la basílica del Pilar, soplaba el terrible moncayo. El agua corriente salía turbia de los fregaderos. Eso sí, los tranvías Torrero-Delicias eran un primor. Y los maños y mañas más todavía.

Madrid era otra cosa, aunque con toda la grisura (por no decir negrura) de una ciudad en plena reconstrucción tras la guerra. «*Madrid, Madrid, Madrid / qué bien tu nombre suena / rompeolas de todas las Españas / La tierra se desangra,* el *cielo truena / tú sonríes con* plomo *en las entrañas*», que dijo Antonio Machado en plena contienda, y poco a poco el pueblo que resistió hasta el final va adquiriendo la tranquilidad de la paz, aunque sea impostada. ¡Qué hacer sino sobrevivir! Aun así… ¡Qué bonito era Madrid! Y nada menos que os trasladasteis a la calle Bailén, muy cerca del Retiro adonde paseabais a los hijos del militar en muchas tardes de parques, jardines y hasta de zoológico. El agua de Madrid qué buena era (y es) y qué pura; y qué me dices del cine Bailén. Allí viste *Rebeca, La heredera* y demás películas clásicas con tus actores y actrices favoritos: Laurence Olivier (otra vez), Joan Fontaine, Montgomery Clift, Olivia de Havilland… Ya me informabas de ello con motivo de algún pase televisivo: «Esa película la vi con mi hermana en el cine Bailén». Con tu hermana, siempre con tu hermana. Uña y carne. Seguramente a esas sesiones cinematográficas acudiría un jovencito José Luis Garci, según le oí comentar por la radio: «Yo me crie yendo y viniendo de mi casa al cine Bailén». Mientras tanto la vida salía al encuentro, escasa pero palpitante, entre quintos, fámulas, estraperlistas y demás especies del género humano que poblaban tanto el centro como los barrios de la capital. Opiniones había para todos los gustos. ¿Cómo eran las andaluzas? (Las andaluzas erais vosotras). «Las andaluzas dan asco cuando hablan, se comen la mitad de las letras», decían las «bienhabladas» de otras regiones de España. «Bueno, qué van a hacer las pobres, bastante tienen ya con demostrar que cumplen como la primera; además —y esto lo llevabais muy a gala como norma principal— son las únicas que salen solas y vuelven solas». Esto último lo comentaba en alta voz el portero del edificio, el señor José, para que las demás tomasen modelo y espantasen a los supuestos ligones incautos que como moscardones revoleaban en torno de las chicas de provincias.

La vida cotidiana dentro de aquel apartamento madrileño se veía a veces amenizada por la voz del famoso barítono Luis Sagi-Vela, la cual penetraba por todos los rincones cuando ensayaba *La del manojo de rosas,* desde un apartamento pared con pared al vuestro. Tales eran los agrados o los desagrados que causaban y causan los músicos en la vecindad.

De Madrid pasasteis a Córdoba, ya lugar más acorde con vuestra ascendencia, por cierto; la Mezquita no aparecía demasiado atractiva para el visitante por aquel entonces; mal conservada y promocionada en comparación con el auge turístico que alcanzaría en años posteriores, pero eso era moneda común en aquel tiempo de reconstrucciones. Ya llegaría el turismo incipiente de la década prodigiosa para desembocar en la vorágine monumental de nuestros días, en la que cualquier piedra del camino es objeto de veneración suntuaria. Lo dicho, encontraste la Mezquita fea, sucia y abandonada cuando ibais de paso para Sierra Morena, concretamente Entreárboles, ese era el nombre de la hacienda en pleno corazón serrano, ya digo. Aquel lugar fue muy «nutritivo»: buena despensa, buenos aires respirables a pleno pulmón, carne fresca recién cazada…, porque de vez en cuando

—decías— se organizaban batidas de cazadores-recolectores-militares que, a la caída de la tarde, se presentaban con las piezas cobradas y ensangrentadas para disponer de posterior banquete. Lo curioso del caso era que la comitiva de cazadores, portando la jauría de lebreles típica, se embadurnaba la cara con carbón y otras unturas de matorrales varios para esos menesteres de mañanas acompañadas de disparos y escopetazos a granel. Aquellas comilonas eran tan excepcionales que hasta incluían un manjar único, según opinión del militar de más alto rango: ancas de rana preparadas por la cocinera de turno para deleite del alto mando. ¡Y aún más curioso! A veces, el jefe de la tropa se apostaba en lo alto de unas peñas, observando detenidamente con un catalejo el deambular errático de unas figuras grotescas allá en lo alto, en el pimpollo de la sierra; después de unos minutos bajaba ceñudo con cara de fastidio y murmuraba enfurecido: «Ahí arriba andan esos, todavía dando por culo». Se refería a esas figuras danzantes (seguramente bailaban y celebraban algo) e inalcanzables que no eran sino escasos componentes del reducido maquis republicano, los cuales permanecían ocultos y sobrevivientes por las últimas estribaciones de Sierra Morena, la más morena de las sierras andaluzas. Allá arriba correteaban los últimos supervivientes de la «fenecida» izquierda, de la izquierda radical, pues la bandera que ondeaba allá en lo alto era roja, como rojos eran todos ellos.

¡Hijos de puta! —murmuraba el militar afinando la vista con los prismáticos. A saber si esas excursiones hacia la montaña con su séquito de perros y armamentos y con el pretexto de la cacería encubrían la misión más o menos secreta de obtener información y apresar a esos «desalmados», aunque a ti, Agapita, no se te pasaban esas cosas por la cabeza, al menos conscientemente.

Abajo, en las faldas de la montaña, en el amplio caserío, el único peligro que reinaba cuando llegaba la noche consistía en el conjunto de puntos rojos que acechaban tras la espesura: los ojos de los lobos que merodeaban, fijos en las luces de la vivienda, como si se tratase del lobo que acechaba a los siete cabritos o a la mismísima Caperucita Roja. En cuanto oscurecía ya estaban las puertas cerradas evitando así lo peor. ¡Que viene el lobo… que viene el lobo! Nunca por suerte apareció el lobo feroz.

A pesar de estas vicisitudes, la vida diaria era tranquila en sus domesticidades, solo tu hermana Concha llevaba la peor parte con aquel niño que se tenía que cargar a la espalda (así, con todas las letras) con las patas colgando porque no le funcionaban, o sea, que no andaba en condiciones debido a la polio. ¡Ay, cuántas criaturas patidifusas sin diagnosticar a tiempo!, y qué barbaridad cargarse encima, literalmente hablando, a una criatura con ¿6, 7, 8 años? Deambulando arriba y abajo. Como para que se le antojara al niño echar un paseíto a la sierra a coger espárragos o contemplar los animalitos del bosque. ¿Es que no había carrito, cochecito o cualquier medio de locomoción mecánico para hacerle al personal la vida más llevadera, incluida la del propio niño?

—Muchacha, ¿no te duelen las piernas? —Era la curiosidad de la gran señora de la hacienda cuando, después de refregar y refregar en la pila, seguías bregando con la ropa y la colada sin asomo alguno de cansancio. No he llegado a saber si, además de la manutención, recibíais algún tipo de retribución económica, nunca te lo pregunté ni vino al caso, pero no me extrañaría nada que solo estuvieseis en el servicio por estar mantenidas, eso sí, de Intendencia. Posguerra y más posguerra.

Tampoco supe nunca los motivos por los que el susodicho militar fue cesado del cargo que ostentaba y denigrado a escalas inferiores. Supongo que la autarquía no daba para mucho más y que este «guerrero nacional» se «comería la *pringá*», como suele decirse de alguna manera. Ver, oír y callar (recomendación para sirvientas); eso decías que te recomendaba tu madre (sirvienta ella también). «Ver, oír y callar para no llevar ni traer. Nada de murmuraciones y así te mantienes en tu sitio. Que los señores no tengan nunca que ponerte colorada» ni que echarte en cara nada». La fidelidad ante todo. No sirvió para mucho tanto recato, pues al poco tiempo de este incidente cogisteis los bártulos (tu hermana y tú) y… de patitas en la calle. Ya el capitán, comandante o lo que fuese, bajó de rango y, claro, al bajar la graduación bajan inevitablemente la fama y el dinero y con ello, el séquito de sirvientes y acompañantes que le rían las gracias. O sea que se cambia de aires, vaya.

De la sierra a la campiña
sin salir de lo rural

Cambio de provincia y de servidumbre. De Córdoba a Sevilla entraste de lleno en el engranaje del cortijo andaluz con terrateniente incluido, y esta vez sola, sin tu hermana Concha que entró de servicio con una familia catalana residente en el barrio Huerta de la Salud, en la ciudad fluvial (como la llamaba un conocido escritor de la Nueva Narrativa Andaluza y como he dicho ya en otra historia paralela a esta). Ya tu madre envejecida y enferma requería de cuidados que no podía abarcar vuestra hermana costurera, de modo que ellas dos —Dolores y Concha— se hicieron cargo de mamá Francisca mientras tú seguiste en el eterno oficio del servicio. Tenías las ventajas de la cercanía, lo que permitía que de vez en cuando visitases tu casa natal y convivieras —un día o unas horas como mucho— con tu familia. Ya los tiempos estaban cambiando (aunque Bob Dylan no lo hubiese cantado aún) y eso se notaba hasta en aspectos tan recalcitrantes e inamovibles como era el tema de la servidumbre. Ciertos desahogos, horarios llevaderos, mejor trato; aunque tampoco fuera como para tirar cohetes, ¿o es que no seguías trabajando sola y exclusivamente por la manutención? Solo pedías techo y comida y si eso acontecía en casa noble o señorial, mejor que mejor (las recomendaciones de mamá siempre presentes, hija, que ese es tu futuro y tu pan de cada día). En ese aspecto ibas ascendiendo hasta el punto de que la señora te eligió y te creó a su imagen y semejanza (como una diosa poderosa) para estar a su lado como señorita de compañía.

Recibir visitas, atender al teléfono, acompañar a los señores en sus viajes del campo a la ciudad y viceversa; o sea, labores ciertamente «delicadas» o «especializadas» dentro del catálogo en la cartera de servicios. Ya no estarías a la intemperie y por lo mismo ni pasarías frío ni te saldrían sabañones (como quería tu madre, aunque no cobraras ni una perra gorda, qué conformismo tan esclavo y qué mentalidad tan poco dada a la exigencia). Sin embargo, nada de briegas de coladas, fregados, cocinas ni berrinches de niños (aquel era y sería un matrimonio sin descendencia, con sobrinos dispuestos a heredar en un futuro, eso sí). Tú de secretaria, a cobijo de las inclemencias del tiempo y si veías el campo era desde las ventanas del cortijo. Tuviste suerte o te supiste ganar el cargo. Lo cierto es que eras el brazo derecho de la señora.

—Venga, Agapita, que nos vamos para Sevilla —e inmediatamente partía el *packard* hacia la ciudad fluvial—. Venga, Agapita, que nos volvemos al campo —y así un ir y venir de lo rural a lo urbano con su viceversa correspondiente.

Los señores disponían en la «ciudad de la gracia» (como la llamó en su día un glosador del sevillanismo literario) de un piso principal en el que según tú «podían correr caballos», esa era exactamente tu expresión, nada más y nada menos que en la calle Reyes Católicos, esquina con Paseo de Colón y frente al Puente de Triana, ¡casi na! Ese puente que años antes viste sucio y ocupado por el estruendo de la guerra pero que ahora, años después, relucía radiante de esplendor y fama. Mejor imposible. Y ¡qué recuerdos de la Semana Santa!, cuando desde el balcón divisabas a la Estrella cruzando el puente el Domingo de Ramos o cuando te acercabas a la calle Pureza (qué palabra, pureza, pureza de sangre de cristiano viejo, pureza promulgada por la

Iglesia católica, apostólica y romana por los siglos de los siglos) para contemplar a tu preferida: La Esperanza de Triana. Como esa ninguna, ¿eh? Esto me recuerda la devoción arraigada en tu pueblo natal hacia la figura de Santiago apóstol, representado a caballo decapitando con la espada a la morisma. Pureza, pureza y más pureza inculcada desde pequeñita, ¿cómo no te iba a gustar la Semana Santa? Disfrutando de un observatorio tan privilegiado. Qué años aquellos que siempre recordarás con alegría y a los que no te hubiese importado volver cuando cambiaste de rumbo.

Hay anécdotas cortijeras que tienen su gracia pero permítaseme la salvedad de explicar lo que era un cortijo andaluz en los años cincuenta del pasado siglo. Un cortijo en Andalucía es una finca rústica con vivienda y dependencias adecuadas, a la vez que supone una organización económico-social localizada en la España meridional. Se establecía una pirámide poblacional en donde el vértice superior lo formaba el señorío y la base inferior los sirvientes y gañanes en su estamento más bajo.

Los estratos intermedios eran variados: aperadores, chóferes, manijeros, contables, etc. Esta cantidad de personal a disposición de los señores se ha ido reduciendo progresivamente con el tiempo debido a la alta mecanización rural y la consiguiente reducción de mano de obra asalariada e incluso a la partición y reestructuración de los extensísimos latifundios de antaño. Valga esta aclaración para entender la vida cortijera que aquí describo como una pequeña comunidad donde se interrelacionan personas de toda condición e intereses. Téngase en cuenta que estratos sociales inferiores no se ausentaban del cortijo salvo en días festivos u ocasiones especiales tales como nacimiento de hijos o fallecimiento de familiares, con lo cual la permanencia permanente (valga la redundancia) intensificaba las relaciones sociales. Había el caso excepcional del que disponía de vehículo para ir y venir al cercano pueblo (bicicleta o moto) aunque como digo, se contaba con los dedos de una mano. Y, a continuación, vamos a la gracia cortijera sin más preámbulos:

Verano en la gañanía. Calor, mucho calor después de la jornada, ya a la atardecida, los gañanes preparan gazpacho. Dale que dale a la maja, majando con primor los ingredientes de toda la vida. Insectos que revolotean atraídos por la luz de la bombilla. Vuela que te vuela hasta que el saltamontes o el grillo (tanto monta monta tanto) cae dentro del recipiente y, ante la sorpresa de algunos, el majador del gazpacho, como si nada, machaca el insecto para que forme parte del alimento. ¡Qué asco!, diría hoy cualquiera. En aquel entonces, risas y cante jondo. ¿Y eso? «Es que había mucha *jambre,* niño. Tú no te puedes figurar la *jambre* que teníamos».

La siguiente anécdota la protagonizaron mujeres asalariadas y también hace referencia a la carestía de la vida en aquel entonces. De modo que la cosa queda como sigue: Los señores tomaban café pero los sirvientes tomaban cebada, malta o vaya usted a saber qué sucedáneo. Hartas de tomar aquel bebitrajo (*«con lo* bueno que está el *café»)* idearon servirle a la señora aquel churrete que no era café para que sufriera en su paladar «exquisito» el desechable producto que los demás tomaban a diario.

—Tú calladita —te dijo la cocinera, llevándose el dedo índice a los labios—.

Llévaselo, a ver qué cara pone.

Cuando la señora se llevó la taza a la boca después de soplar un poquito, se puso muy seria y llamó a la cocinera. Las demás reían por lo bajinis, hasta que la jefa adivinó la conspiración. Inmediatamente las reunió a todas y con muy mal genio cogió el paquete de café (café auténtico) dando un golpetazo en la mesa y dijo: ¡Ahí tenéis café, desgraciadas, a ver si os hartáis de una vez! Y como esas otras muchas curiosidades que muestran la agridulce vida cortijera en aquel tiempo.

—Venga, Agapita, vamos a Sevilla unos días, que el señor tiene asuntos pendientes en la Agronómica. Y con ese ir y venir transcurría monótona tu vida; hasta que apareció un hombre que encendió la llama del amor en tu corazón. Tú, que tan rara, tan recatada eras, te enamoraste de aquel herrero que también iba y venía del pueblo al cortijo y del cortijo al pueblo, trabajando en la casa-máquina, aquel destartalado edificio que cobijaba los aperos de labranza y la maquinaria aún escasa junto con su pariente Currito el carpintero.

Años felices de noviazgo y tardes sevillanas, de Teatro San Fernando (Lola Flores y Manolo Caracol), de cine Palacio Central (*Lo que el viento se llevó* se reponía imperecedera cada dos por tres), de Semana Santa (otra vez: ¡Ay, Esperanzas; ¡Ay, Cachorro; ¡Ay, Gran Poder!) y de Feria de Abril (el paseo de caballos por el Real, ¡qué bonito!). ¡Cómo te gustaba Sevilla! Tanto, que moviste cielo y tierra para buscarle un empleo a tu prometido. Algo le encontró el señor acorde con su desempeño, pero el herrero decía que con aquella ocupación «no ganaba ni pa tabaco» (esas eran sus palabras); acostumbrado como estaba a picotear en varios trabajitos no le seducía la idea sevillana. Disponía de una herrería familiar más las labores que desempeñaba en la citada casa-máquina, y con eso se aviaba. No quería más y mucho menos trasladarse a la capital.

Adiós a la servidumbre y matrimonio a la vista

El que pronto sería tu marido provenía de una familia numerosa y honesta en la que destacaba como cabeza visible tu suegra, la que llevaba la sartén por el mango (vaya, por Dios), porque su marido era tan débil de carácter que pintaba poco en lo que concernía al desenvolvimiento y disposiciones del pequeño negocio familiar: un taller de herrería, como ya se ha dicho. Tu suegro daba los martillazos y su esposa organizaba los trabajos, los pedidos y la contabilidad, porque el patriarca tenía la debilidad y afición al vino y a veces no tenía la cabeza para muchos ajetreos, aunque nunca llegase la sangre al río, como suele decirse. Tu novio tenía un hermano más pequeño y especialmente vivarachuelo que se dedicaba, entre otros menesteres, a espiar las idas y venidas de los demás miembros familiares para bien y para mal. Este «espía que surgió del frío» apareció alguna vez por el cortijo y por la casa sevillana de los señores preguntando por ti, recabando informes (ese es el nombre específico) sobre tu procedencia e intenciones, fuera a ser que su hermano mantuviese relaciones con una de dudosa fama. Esta práctica era más que habitual en aquel tiempo en el que las relaciones sociales se circunscribían al entorno familiar y poco más. Hoy, con la enorme movilidad social proporcionada por el devenir de la modernidad, los informes y los «espías por mandato» se remiten a las redes sociales e Internet.

De manera que dejaste la vida de soltera y sirvienta y te ca-
saste con Fernando, muy trabajador y honrado, bastante tímido,
amante de la música, el cine y la lectura (cosas que heredé por lo
visto), también aficionado a la cacería y la vida campestre. Que
no, que no, que a Fernando no le gustaba la ciudad para trabajar y
vivir en ella. Le gustaba su pueblo de su alma (eso decían) porque
allí echó sus raíces, en una familia típica de aquel tiempo, con
muchos vástagos y muchas necesidades y poco más, así era la vida
y así había que tomarla; buena eras tú para oponer resistencia y
contravenir la situación.

La boda se concertó pronto. La ceremonia religiosa y el
convite se llevaron a cabo en tu pueblo, aunque tu destino estaba
en La Campiña, y desde esta última partiría un autobús repleto
de invitados y familiares del novio. El conocido monasterio del
Loreto fue testigo de vuestra unión, ese monasterio que años
más tarde volverías a visitar con tu marido e hijo por las Fiestas
de la Vendimia, como ya se contará. De modo que fue una boda
típica de aquel tiempo, con celebraciones y regalos muy acordes
a los bolsillos de los contrayentes, aunque hubo un regalo muy
especial (que nunca supe en qué consistió) de parte de la señora
del cortijo, aquella que cuando desapareciste de su vera te echó
tanto de menos, comentando en alta voz (según te soplaron
personas presentes en la escena): «Ya no hay más Agapita», valorando el modelo de servicio que le habías proporcionado y que
no encontraba en otras. Semejante valoración solías tú llevarla a
gala (por eso yo lo sé) y seguramente en tiempos más recientes
adolecería cuando menos de pusilánime o injusta, si bien por
aquel entonces se valorara de aquella manera. Ciertamente la

vida que acababas de dejar fue la mejor que tuviste si la comparabas con la que se te venía encima que, sin ser trágica ni infeliz, ni mucho menos, sí tuvo altibajos como otras vidas similares o como la vida que se precie de ser llamada VIDA auténtica con sus luces y sombras.

¡Qué lejos está tu pueblo!
Parto, sudor y lágrimas

—¡Ay, qué lejos está tu pueblo, Fernando! Mucho campo, mucho campo. Estabas acostumbrada a las distancias cortas entre Sevilla y El Aljarafe, jalonadas de pueblos cercanos cada pocos kilómetros. La cosa cambiaba al trasladarte desde la capital hasta La Campiña, que era más larga y con poblaciones más distanciadas unas de otras y más en aquellos tiempos, con aquellas carreteras y aquellos vehículos que sobre ellas rodaban. Los viajes —y más en autobús, que era el vehículo generalizado para el noventa por ciento de la población— se hacían eternos, y no causaba extrañeza que un auto se viniese abajo en una cuesta arriba, entre una nube de humareda y olor a combustible quemado, lo que hacía que el viaje se demorase aún más.

—¡A este coche le pesa el culoooo…! —vociferaban los viajeros, hartos de mirar los relojes una y otra vez. Cuando el autobús renqueante coronaba el cerro, aparecía el pueblo en toda su extensión, largo y tendido, y la exclamación al unísono: ¡Ya estamos aquí, bendito sea Dios!, y se persignaban (mujeres en su mayoría). Curiosa costumbre la de hacerse la señal de la cruz sobre la frente y el pecho cuando se iba y venía de viaje. Tal era la infrecuencia de viajar, que tal acto conllevaba implícito cierto peligro o temor a sufrir un accidente, lo cual inducía al que se aventuraba a encomendarse a Dios con esa práctica, más que católica yo diría, hábito nacionalcatólico. No obstante, Agapita, tu marido comentó en cierta ocasión, que esta práctica se ejercía con asiduidad en tu pueblo, incluso en los grupos de hombres sentados a la puerta de los bares. No tenían más que sonar las campanas llamando a misa para que los caballeros se levantasen como movidos por un resorte e iniciasen gustosos los ritos de la persignación, mientras que en La Campiña, las campanas podían llamar a misa incansablemente mientras los hombres permanecían impasibles con la tertulia acostumbrada. Costumbres distintas según la influencia de la Iglesia en poblaciones no precisamente muy alejadas entre ellas. Estamos hablando, Agapita, de una distancia de 70 o 75 kilómetros entre tu pueblo y el de tu marido. Pero volvamos a la carretera, cuando la Chochona (así apodaban al autobús) con un bufido de frenos y gases mientras la algarabía de los viajeros se mezclaba con la recogida de bultos y maletas, para desaparecer en pocos segundos por las cuatro esquinas. Cada mochuelo a su olivo.

—¡Ojú, Fernando, qué aire hace en tu pueblo!

—¿Qué pasa…? ¿Es que en tu pueblo no hace aire? —contestaba tu marido.

Y así, entre otros menesteres transcurría la vida del pueblo; esa «pata de jamón» del Bajo Guadalquivir por los siglos de los siglos (el dibujo que representa al pueblo en cualquier mapa que se precie es idéntico a una pata de jamón).

Pronto te acostumbraste a la vida conyugal; a compartir tu vida con aquel marido que de soltero no había conocido a otra que no fueses tú, y que estaba catalogado como muy trabajador y buenísima persona. Con los haberes reducidos como la mayor parte de los matrimonios de la época, «se tiraba *p'alante* y *yastá*», siempre esperando la llegada de tiempos mejores. En la casa familiar se sacaba para vivir, no solo dando temple al hierro sino como tractorista en labores agrícolas muy completas, que en verano se prolongaban hasta la puesta de sol sudando la gota gorda, si bien la gota gorda la sudaste tú aquel mes de julio, once meses después de casarte, cuando llegó al mundo Juan, tu primer y único hijo. No fue un parto fácil según contabas. A las calores propias del verano se unió la poca eficacia, torpeza o mala gestión de la matrona de turno: una señora, maestra por más señas (aunque se decía que no tenía título oficial ni mucho menos) con fama de propasarse en castigos y palizas con los infantes. El caso fue que «para aligerar el parto» (nadie quiere pasar calor en verano) te puso una inyección y… tararí, tararí, que el niño ya está aquí, todo ocurrió bastante precipitadamente porque por lo visto, la prisa la tenía ella. El niño nació bien pero en cambio tú sufriste desgarros que necesitaron un ginecólogo de los de la época, con los consiguientes desplazamientos a la capital, que era donde operaban los ginecólogos, claro. Y todo por la prisa o molestia (el calor, la calor) de la partera, hasta el punto de que finalizado el parto y avisado de inmediato el médico rural, comentó este a la vista del desaguisado: «Es la primera vez en los años que llevo ejerciendo, que se me presenta un caso así». Denunciable de todas todas, pero no en 1956, claro es. Mas aquello pasó sin dejar secuelas y la vida siguió su ritmo y su rumbo normal. El niño creció sano y al abrigo de unos padres que le prodigaban todo el cariño del mundo. De esta manera se abre un nuevo capítulo en donde tu marido y tu hijo adquieren protagonismo, desenvolviéndose tu vida en torno a ellos.

En familia (1)

La vida de los lugareños en cualquier pueblo de esa piel de toro conocida como España —con todas las variaciones regionales que se quieran— era muy parecida. La movilidad social restringida a todos los niveles. De modo que Juan se crio como uno más camino de la plaza Nueva, que tenía muy cerca, y yendo al campo con papá montado en un tractor o en un coche antiguo (solo para el campo) al que llamaban *bipe* (ignoro el motivo). También comenzó su primaria escolar en el Colegio San Roque, ubicado en la otra plaza del pueblo, o sea, plaza Vieja. Un centro educativo, que no Colegio Nacional, aunque similar a todos los efectos, desembolsando una cantidad al mes (permanencia sí o no), ya que —se decía— en los Colegios Nacionales de la época no aprendían los alumnos gran cosa. He llegado a pensar con el tiempo, que esto correspondía más a una idea infundada que a la realidad, pues la mayor o menor calidad de la enseñanza depende más del maestro en sí que de la institución académica, y esto vale para cualquier época, independientemente del mayor o menor prestigio del colegio. Sea como fuere, Juan aprendió los rudimentos de la lectura, escritura y cálculo en aquel colegio que regentaban cuatro socios, maestros ellos y fieles representantes del orden establecido más el cura párroco que se dejaba caer de vez en cuando con sus sermones y peroratas. Juan recuerda —cómo no— aquellos llamados Ejercicios Espirituales que, al menos durante varias semanas, adoctrinaban con sus letanías y cánticos espirituales a los tiernos infantes de la época. Y eso que estábamos en la década prodigiosa con sus revueltas sociales en media Europa y la contracultura anglosajona en alza, pero aquí de eso nada, aquí se encargaban los curas y los militares, o sea la «autoridad competente», de que todo siguiera igual (como en la canción de Julio Iglesias).

Tú, Agapita, sigues estando presente en esta historia, aunque ya no de un modo exclusivo como protagonista absoluta, puesto que tu marido y tu hijo forman un todo indisoluble junto a ti en estos años de convivencia, creo que ya se ha dicho.

Juan iba y venía al colegio compartiendo vivencias propias con otros compañeros de familias similares, sin grandes diferencias. Se entretenía muchísimo en aquel corral de barriada donde jugaba con su gato y sus juguetes, captando su atención preferentemente, las procesiones de hormigas acarreando granitos de trigo para la despensa, también las cigarras o chicharras estridentes en su canto de primavera o verano.

—Juan con su gato y sus carrilitos de hormigas tiene bastante, no necesita más —comentaba jovial la tita Pepa, tu cuñada. De aquel tiempo proceden tus recuerdos del cine de la barriada, cine de verano que desde tu casa veíais y oíais sin necesidad de pagar la entrada, sentados cómodamente en las mecedoras del jardín. Películas de romanos, del Oeste, dramas; películas de «cantaores» (desde Imperio Argentina y Lola Flores, hasta Marisol, pasando por Joselito, Manolo Escobar o Juanito Valderrama) y otras farándulas. De esa zona de la memoria procede el descubrimiento sorpresa del sonambulismo de tu marido, cuando una noche de verano se levantó de madrugada diciéndote que iba hacia el jardín y sin embargo, tiró diligente para la calle en dirección a la cercana plaza Nueva, volviendo tras sus pasos para entrar derecho y sin titubeos nuevamente en su domicilio tras la atónita mirada tuya, pudiéndose comprobar que andaba dormido como un autómata y que volvía a meterse en la cama como si tal cosa. Al día siguiente no recordaba nada. Cosas de sonámbulos.

Tu marido se desplazaba al campo los domingos para reparar maquinarias y aperos agrícolas, y a veces le acompañaba su hijo de apenas 6 o 7 años. Volvían al pueblo por la tarde después de solucionar cosas, tras ser atendidos con un buen almuerzo y/o agasajados con liebres o perdices por los dueños del cortijo o del rancho. En algunas ocasiones, esos animales eran abatidos por tu marido que por si acaso, se llevaba la escopeta y sus cartuchos al cinto. Juan se tapaba los oídos al ver a su padre apuntando el arma: ¡pum, pum, pum! Le gustaba el olor de la pólvora. Contaba tu marido que una mañana había salido al campo para coger espárragos (otra de sus aficiones) y que divisó junto a un chaparro a un anciano cabizbajo y silencioso. Al darle los buenos días el hombre no contestó y Fernando pensó que estaba dormido o quizá fuese sordo. A la caída de la tarde y andando tras sus pasos volvió a toparse con la silueta del anciano bajo el árbol, lo cual le extrañó tras varias horas transcurridas. Al acercarse pudo comprobar que el pobre hombre no reaccionaba a los estímulos y que posiblemente llevaba fallecido desde bastante tiempo.

En familia (2)

En 1961, cuando Juan cumplió los cinco años, cambiasteis de residencia y os vinisteis a la zona del centro del pueblo, casi vecinos con la casa familiar de los abuelos paternos. La abuela Dolores, alta y delgada, llevaba a su nieto al colegio de vez en cuando, y le compraba un cartucho de pipas en el quiosco-carrito de una viejecita llamada también Dolores. Cuando iba por las mañanas camino de la Plaza Vieja (allí estaba el colegio como ya se ha dicho) se asomaba a la puerta de su casa una señora llamada Cándida, esposa del practicante del pueblo (así se denominaba al ATS en aquel entonces) Don Julio, y le decía a tu hijo: «Aquí viene el niño que lleva el babi mejor *planchao* del pueblo», y eso era un día sí y el otro también. Andando el tiempo, tu hijo se fue aficionando a los tebeos (*El Capitán Trueno, El Jabato, El Guerrero del Antifaz, Roberto Alcázar y Pedrín, Piel de Lobo, Hazañas Bélicas,* para desembocar en las algaradas de la *13 Rue del Percebe* y todos sus locos y divertidos inquilinos; personajes *TBO*), lo cual lo apartaba de la realización de los ejercicios escolares. Era una obsesión el plan de los tebeos, alimentada por la costumbre diaria que propició tu marido. Todas las noches, cuando volvía del trabajo y de la copita de vino, se pasaba por el quiosco de Pepe el de la Naranjera y compraba un tebeo para su niño. Cuando llegaban las calificaciones escolares (las notas, vaya) llegaban también las malas caras.

—Señora, su hijo está siempre pensando en las musarañas. No atiende, está en su mundo imaginario —aseguraba el maestro. Así, una y otra vez, hasta que, harta de quejas sobre la marcha escolar de Juan, la emprendiste con el montón (más bien montaña) de tebeos que, llevándolos al corral, lejos de los pavos y gallinas, fueron pasto de las llamas ante la triste mirada de Juan. Aquello fue un palo muy duro para aquel niño lector que estuvo privado un tiempo de su entretenimiento más preciado porque, efectivamente, le habían secuestrado, apartado, anulado «su mundo». Ese mundo que los docentes de entonces veían tan negativo y que, sin embargo, no proponían nada nuevo, ni positivo ni alternativo para cambiar la actitud de los escolares hacia los estudios y deberes.

—Se acabaron los tebeos. De aquí en adelante te pones a estudiar los libros del colegio —gritaba Agapita alterada—. Y cuando llegue tu padre le voy a decir que no te compre tebeos del «puestecillo», porque si no, seguimos en las mismas —siguió la perorata.

¡Ay!, cuánto se arrepintió Agapita de aquel episodio, porque, andando el tiempo (más adelante se hablará de ello), su hijo fue un gran lector y debió su porvenir a los estudios y a los libros. Un niño lector de tebeos alberga en potencia un lector de libros, pero esto Agapita lo comprendería más tarde.

Sonado fue en el pueblo el percance que sufrió tu marido junto con unos amigos, aficionados todos a la cacería (la cacería otra vez). Anduvieron toda la mañana por los alrededores de la finca llamada Los Arenales en una batida. Cuando menos lo esperaban, vieron venir a lo lejos un toro que se acercaba hacia ellos peligrosamente. Ante el imprevisto, cada cual buscó refugio como pudo para evitar la embestida taurina. Unos subieron como monos a los árboles, otros se alejaron corriendo todo lo que pudieron y sus fuerzas les permitieron, y alguno que otro se escondió tras unos matojos o lentiscos (débil defensa), siendo zarandeados y golpeados sucesivamente por el animal hasta que pudo zafarse a duras penas. Resultado: costillas rotas, contusiones, hematomas varios y…, un gran susto.

Pudo haber sido mucho peor. Al día siguiente, la anécdota corría de boca en boca entre los vecinos. Por aquellos días, y siguiendo con el tema taurino, se celebraron corridas de toros, más bien de novillos grandes, en las Fiestas de San Roque, patrón del pueblo, instalándose un ruedo improvisado en las traseras del taller familiar de tu marido. Un espectáculo con toreros locales y aficionados con más revolcones y algaradas que otra cosa. Por la noche, en un tablado colindante con el ruedo, actuaba una orquesta cuyo batería era una señora gorda y súper rubia que gastaba minifalda y, por lo mismo, cuando el ritmo musical era frenético, la señora removía su cuerpo de tal manera (impúdicamente para la época) que mostraba sus carnes espléndidas, las cuales eran avistadas desde abajo (el escenario estaba en alto) por las miradas golosas del personal, ávido y carente de estas moderneces de música y fiesta que se echaban en falta a mediados de los años sesenta.

Por estas fechas se desplazó tu marido junto con su hermano menor a Huelva para realizar trabajos de su competencia, ausencia temporal que aprovechaste para visitar junto con tu hijo Juan a la familia del Aljarafe. Varias semanas de convivencia en tu pueblo natal, en donde Juan hacía nuevas amistades y recibía todo tipo de elogios y muestras de cariño al ser el único vástago de la familia. Dolores, tu hermana mayor, disponía de un taller de costura (como ya se ha dicho) en donde un grupo de muchachas aprendían las labores propias de corte y confección. Por allí aparecía Juan para matar su aburrimiento, sin saber que las preguntas y bromas de las chavalas le iban a achantar hasta tal punto de que duraba allí menos que un caramelo en la puerta de un colegio. En aquella casa maternal, con pocos críos y habitada exclusivamente por féminas, Juan se aburría y, gracias a que hizo alguna que otra amistad masculina, salió de aquel encierro por algunas horas. En una de aquellas idas y venidas al pueblo mater-no, Juan, ya mayorcito, salió a pasear con un primo suyo mayor que él. Un primo que le invitó a tomar el primer vaso de vino de su vida. Y no solo eso, además le enseñó algo sobre la lengua castellana, algo inverosímil siendo su primo medio analfabeto. La cosa queda como sigue: al servir los vasos de vino, el primo (Pepito se llamaba) le pidió al camarero un pequeño aperitivo para acompañar. Un platito de «chochos», así sonó aquel sustantivo, con fuerza y contundencia. Aquello motivó que se te subiese el rubor como la grana a la cara. —Anda, primo, prueba estos «chochitos» que están muy ricos. Fue la primera vez que supiste que aquella palabra, chocante y casi subversiva, adquiriese para ti un sentido distinto referido a los altramuces de toda la vida. Y estas cosas sucedían en la edad confusa entre niño y adolescente, una edad muy mala según decían las personas mayores; una edad propicia para aprender todo lo bueno y todo lo malo que ofrecía este mundo. Mientras, las costureras de Dolores preparaban los vestidos que lucirían la reina y las damas en las cercanas Fiestas de la Vendimia, a primeros de septiembre. Pasados unos días, volvíais para el pueblo de Fernando. Ir y venir de la Campiña al Aljarafe y viceversa. Casi siempre, tanto a la ida como a la vuelta, os pasabais por casa de tita Mercedes que residía en Pasaje de Vila, lindando con Mateos Gago; allí hacíais parada para descan-sar, hacer pis, saludar a la familia y hacer hora a la espera de los autobuses, tanto los del *mercao* de Entradores (Arenal), como los de la estación de Cádiz (San Bernardo). ¡Ay, Sevilla, cuánto te quise, te quiero y te querré! «Mira que me gustaba Sevilla y ahora no quiero ni verla» —decías cuando los dolores te impedían los desplazamientos de antaño. En esa casa sevillana que acabo de citar, con parada y fonda (como suele decirse), residía mi primo Juan Antonio, aficionado a los explosivos (estudiaba Química) y a las armas de fuego (herencia familiar, según parece), dispuesto a pegar un zambombazo por menos de un pito y poner a los vecinos en un grito ante tamaño peligro latente. A su vez, este muchacho practicaba canto en la Escolanía Virgen de los Reyes (la Catedral a un paso) y era capaz de amaestrar a las fieras (a las fieras de los vecinos) cuando tocaba el piano muy sutilmente, de modo que nadie sabía a ciencia cierta si en aquel piso residía un violento, un místico o ambas cosas a la vez fraguadas en la misma persona.

—¡Qué tío más loco, como le dé por prender la mecha veremos a ver adónde vamos a parar!

—¡Más fino se pone cuando toca el piano! Parece una persona distinta por completo.

Alguno fue más allá y pensó que incluso podrían ser dos personas, si acaso gemelas, porque era imposible tanta disparidad, tanta diferencia en comportamiento. Cierto es que Antoñito, un angelito solitario según su padre, era muy especial, y lo sigue siendo cerca de los 70 años que en breve cumplirá. A veces visitaba el pueblo de su madre y, en el taller familiar de sus tíos y abuelos, disponía de toda suerte de tubos y herrajes para elaborar... ¡un cohete! Un aparato de escasas dimensiones, poco más de un metro de longitud, aunque provisto de la suficiente carga explosiva como

79

para derribar la Muralla China. Evidentemente, que varios chicos de diez o doce años se dedicasen a estos menesteres era y es hoy en día un gran peligro; sin embargo, aquel incidente no llegó a mayores, gracias a que cuando se prendió la mecha (que a ti, Juan, te recordaba a la que contemplabas en aquella serie de TV, *Misión imposible*), protegidos todos tras unas zanjas adyacentes, aquello dio un fogonazo a media potencia y seguidamente se apagó tras emitir una leve humareda, sin descartar la explosión que fue sonada, eso sí. Lo suficientemente sonada para que los tíos de Juan Antonio se alarmasen, abandonasen sus tareas y acudiesen prestos al lugar del incidente y pidiesen explicaciones a voz en grito:

—¡Estás más loco que una cabra, niño! ¿Cómo se te ocurre este plan? Mañana coges tus bártulos y te vas a Sevilla con tu madre… ¿No ves que has estado a punto de acarrearnos una desgracia? Y acto seguido se enzarzaron los mayores con aquellos aventureros aspirantes a científicos locos, contando la historia de un jovencito que, recién terminada la guerra, se encontró en un descampado un extraño objeto que resultó ser una granada de mano la cual, después de varias manipulaciones, al tirar del seguro de la anilla, le reventó al crío en las manos amputándole en el acto varios dedos de la mano.

Juan Antonio de pequeño era muy travieso y nervioso. Otro que, cuando visitaba a sus abuelos, se aburría y ponía a todo el mundo a merced de sus capacidades y aguantes. Su abuelo, en cuanto aparecía el niño por las puertas, exclamaba: ¡Ya está aquí Juan Demonio! Juan Antonio, ya convertido en químico y músico, alejado de las diabluras y de su temple nervioso de la infancia, se dedicó con el tiempo al estudio paciente y profundo de la música clásica, su gran pasión. No ejerció de químico, sino de músico, dejó en paz a sus temerosos vecinos sevillanos con sus estruendos y fuegos artificiales y, como digo, con paciencia y esmero, sacó la cátedra de Armonía en el Conservatorio Superior de Música de Sevilla siendo docente en esta institución, teniendo además publicadas composiciones varias (incluidas marchas procesionales) y estudios y ponencias en universidades extranjeras. A veces, ya de profesor, volvía al pueblo familiar donde tantas explosiones provocó en su infancia y se iba a la iglesia, donde se interesaba por el estado de conservación del órgano y de paso nos deleitaba con algunas fugas de Bach. Alguien me contó que nunca abandonó del todo sus aficiones por las armas y explosivos; tanto es así, que se hizo socio de un club de tiro al blanco en donde disparaba a placer hasta agotar la munición asignada. Son innumerables las anécdotas sobre mi querido primo, ya digo. A continuación detallo algunas más: cuando contaba cinco o seis años, frecuentaba su casa una mujer que no sé a lo que se dedicaba ni por qué entraba y salía de aquel piso. Lo cierto es que la señora disponía, según parece, de grandes y voluminosos pechos que llamaban la atención, de modo que estando en ello y divisando Juan Antonio a la señora por el pasillo, se apresuró llamando insistentemente a su madre:

—Mamá, mamá, que ya viene la vaca lecheraaaa. Por último, recuerdo la afición que tenía a comer demasiado, hasta el punto de atacar el frigorífico o la despensa dejando la casa sin víveres. Sus padres le regañaban y castigaban por esas y otras conductas. Cuando asistían a un convite donde lógicamente debía contener su apetito y guardar las formas, el niño preguntaba al ver las raciones y los alimentos en la mesa:

—Mamá, papá, ¿me lo puedo comer todo? ¿Todo esto es para mí?

En familia (3)

La vida en la Campiña transcurría con entera normalidad. Años sesenta. Vamos saliendo de la carestía poco a poco. El pueblo se moderniza en cierta manera hasta ir perdiendo la faz de la inmovilidad. Lo rural va perdiendo lentamente sus rasgos arcaicos y las costumbres foráneas irrumpen poco a poco con sus modas no del todo aceptadas, al menos en un principio, por los mayores del lugar. Aparece la minifalda, el pelo largo en los jóvenes, la música *rock* y más tarde, a medida que la década avanza, la llamada «canción protesta». Creo que se ha hablado ya (si no aquí, en otro relato paralelo) que el cine ocupaba buena parte del tiempo libre de Fernando y su hijo; más tarde llegaría la tele, primero en blanco y negro, después en color. «Yo ya tengo el cine en casa» —comentaba tu marido ufano. El otro pasatiempo del que gozaba la familia (ya se ha hablado un poco de esto) era el paseo al campo. En una moto Derbi, padre e hijo se acercaban a Pilares, una dehesa cercana. Juan iba de paquete y el problema surgía cuando el niño arrastraba los pies que le colgaban sin ningún apoyo posible, con lo cual, al no soportar ese encogimiento, rozaba la superficie del camino, obligando a su padre a equilibrarse a duras penas sobre la marcha.

—¡Ay, angelito! —rogaba el padre—. Recoge los pies, que nos vamos al suelo, que nos damos el leñazo.

—No puedo, papá…, no puedo más. Me duelen las corvas de llevar las piernas encogidas.

Y es que el niño tenía las piernas muy largas y esto motivó que su padre colocase unos aditamentos de hierro para la comodidad del desplazamiento.

Mientras, Agapita, como de costumbre, dedicada a sus labores interminables, con poco interés por disfrutar del tiempo libre, recluida voluntariamente en su domicilio.

Los domingos, al salir del cine, padre e hijo se dirigían a tomar algo al bar conocido popularmente con el sobrenombre de «Los Tigres», debido a que desde fuera, los parroquianos contemplaban a los señores devorando chuletas y carnes varias con especial dedicación. Con el tiempo, estos «tigres» cambiaron de ubicación y se asociaron en el Casino, más propio para personas «elitistas» o «clasistas» como eran o pretendían ser. De modo que en «Los Tigres» coincidieron cierta vez con un amigo tractorista que tenía fama de guasón; tanto es así que, saboreando unos chocos fritos y relamiéndose de gusto, hacía rabiar a su hijo de poca edad al cual sostenía en brazos, pegados ambos a la barra.

La broma consistía en acercar con el tenedor un choco a los labios del pequeño, y cuando el pobre abría la boca muerto de hambre («*Opá,* tengo *jambre*»), el padre le retiraba rápidamente el bocado diciéndole con energía:

—Esto es caca, niño.

A lo cual contestaba el pobrecito:

—Caca no, *opá*, caca no.

A las anécdotas agradables se sucedían vivencias desagradables como la que aconteció una noche de domingo al volver del cine y de las tapas en un noviembre denso de lluvias (hay detalles fotografiados en tu mente, Agapita, y por eso no se olvidan).

Pues eso, cuando padre e hijo volvieron a casa, te encontraron planchando para no variar, siempre con tus domesticidades, y estando en ello, se presentó de improviso un familiar que venía a recoger a Fernando para trasladarse ambos a Sevilla debido a la muerte de un familiar. Una muerte en extrañas circunstancias pues fue catalogada como suicidio. El cadáver fue encontrado en el Guadalquivir (ese que va entre naranjos y olivos, según escribió el poeta), siendo el ahogamiento presumiblemente el motivo del fallecimiento. Las intensas lluvias caídas en días sucesivos (un detalle que no olvidas) habían arrastrado el cuerpo hasta el término de un pueblo cercano, según comunicado de fuentes oficiales. No se supo más. Corriose un tupido velo sobre el tema y punto. Años después, tu hijo Juan acudiría como representante de la familia a sucesivos velatorios en San Juan de Aznalfarache, el pueblo de procedencia de tu suegra. Y para no variar en cuanto a desgracias, un suceso inevitable, Agapita, el fallecimiento de tu madre en el Aljarafe. Al día siguiente, fijada la hora del entierro, Juan se trasladó en autobús (1) hasta la capital, desplazándose ¡solo! por primera vez desde la estación de Cádiz hasta el *mercao* de Entradores en el Arenal, desde donde partía el autobús (2) hacia el Aljarafe. Y repito: ¡solo! contando escasamente catorce años, claro que ya conocía el camino que tantas veces hizo en compañía tuya, atravesando el corazón de la Ciudad de la Gracia con una gran congoja por el fallecimiento de su abuela, aquella que cuando su nieto llegaba después de muchos meses de ausencia, exclamaba: ¡Ay qué grande está mi niño!, dedicándole todas las carantoñas habidas y por haber, para al rato de convivencia ponerse a protestar: ¡Ay, qué niño más chocante, por Dios!

En familia (4)

Después de la enseñanza primaria habría que trasladar-se diariamente al instituto del pueblo vecino para ejercer el bachiller. Fueron tres o cuatro cursos muy irregulares, con muchos cambios institucionales y sociales propiciados por los bandazos que daba la política educativa del tardofranquismo, al tener que adaptarse a todo con tal de sobrevivir con el agua al cuello. 1972-1975. Casi nada. Todo el mundo sabe a qué me refiero. Demasiado cuerdos y honestos hemos terminado ante el vaivén, el maremágnum del zarandeo a que nos vimos so-metidos. Tiempo de ir soltando amarras poco a poco, sin vuelta atrás. En silencio, con voz queda. Lo prohibido circulaba *under-ground*. Los chivatos aplicaban las orejas con especial denuedo. Recuerdas, Juan, las reuniones clandestinas a puertas cerradas en donde se informaba de la marcha del país convulso, poco menos que agónico; y las propuestas de la famosa Platajunta y los grupos revolucionarios con sus hoces y martillos, ¡ay! Qué ignorantes, qué equivocados estabais de cómo era la vida en los países que portaban esas herramientas de trabajo, y queríais, ansiabais traer al nuestro esos logotipos y vivencias antiguas (y eso que Solzhenitsyn ya avisaba) y demás *raras avis* que resur-gían desde la noche de los tiempos, proponiendo modelos de futuro para cuando el viejo dictador estirase la pata. Todo con mucho sigilo al principio. Se abandonaba el recinto de uno en uno, de dos en dos todo lo más, cabizbajos, si acaso hablando de fútbol preferentemente, porque en aquel lugar y en el momento menos pensado acechaba el espía, el chivato, el de la brigada político-social que te fichaba en un plis plas.

Así las cosas, entre el asesinato de Carrero Blanco y la muerte de Franco, Juan pasa de bachiller a universitario, cursando la Diplomatura de Magisterio. Fueron años convulsos, pues desde 1975 a 1978 (y no acabaría ahí), España era una olla a presión y todos lo sabemos. Un país salido de madre por los cuatro costados y una losa gigantesca que quiere sepultar a duras penas lo que se le viene encima. Si seguimos los pasos de tu Juan, Agapita, observamos a un joven propio de su tiempo, con sus inquietudes lógicas y su ilusión por el futuro aunque este se presentase bastante incierto.

Así pues, desde la larga agonía del dictador hasta finalizar los estudios e incluso después, Juan anduvo con un pie dentro y otro fuera del meollo clandestino. Su natural indeciso y su escasa radicalidad le hicieron desistir de «meterse en el ajo» y prefirió de alguna manera simpatizar con los radicales sin señalarse demasiado. Sus compañeros de piso y de estudios, que eran los mismos, sí optaron por aferrarse al extremismo de izquierdas participando activamente en la lucha contra el franquismo moribundo, ahora más que nunca; aunque habría que matizar la actitud ciertamente pasiva de Juan en estos momentos y en los que siguen: a su natural tranquilo y poco exaltado (aunque demócrata de izquierdas convencido) habría que añadir que en su casa (la de sus padres) no estaban en las mejores condiciones para tener disgustos. Un hijo revolucionario suponía entonces un gran problema en una familia que nunca se significó políticamente hablando, una «grave» falta que se pagaba tarde o temprano, pues Fernando, su padre, ya estaba empezando con sus problemas de salud que acarreó hasta 1985; pero, no adelantemos acontecimientos, a esto añadiremos la estricta situación económica, pues la pequeña empresa familiar se iba viendo afectada, ya que el cabeza de familia, al darse de baja por enfermedad, y… lo que era peor… ser autónomo de industria, no disponía aún de Seguridad Social, atraso secular que afortunadamente se solucionó en breve incorporándose como beneficiario del sistema, ¡qué menos! ¿Cómo en estos momentos tan críticos a nivel familiar iba Juan a correr riesgos innecesarios con la dichosa política, por muy concienciado que estuviese? Eso sería añadir más leña al fuego, seguro que sí. Y algo parecido ocurría con la música. En esos años, tanto el pop como el *rock* proliferaron ampliamente, como es sabido, y Juan disponía de cualidades musicales y afinidades con varios grupos locales que por aquel entonces se estaban formando. No le faltaban ganas de dedicarse a aquella aventura pero… volvemos a lo mismo: para tal dedicación se necesita un aporte económico en instrumentación, un tiempo de aprendizaje (dígase ensayos) y una serie de actividades y tiempos que de ninguna manera el estudiante de Magisterio se podía permitir, o sea, que tampoco era ese el camino; por eso la incertidumbre era la base de aquel estado de cosas. Un ir y venir desbocado en años de juventud ciertamente ajetreados, en el marco de un país convulso y revuelto.

En familia (5)

Juan terminó su carrera y tardaría varios años en ejercer. En primer lugar tenía el servicio militar pendiente y cumplía ya 22 primaveras. Estamos hablando de 1979, con una Constitución recién aprobada y un «tejerazo» aún no acontecido pero sí anunciado sospechosamente cada dos por tres. Iban a más los bandazos políticos y los atentados terroristas de un signo u otro, enormes sinsabores de una jovencísima democracia tan resbaladiza como inexperta (habla pueblo, habla). Un descontento permanente se cernía sobre el cielo del país y un manto de tristeza penetraba en el alma de Juan, con su padre enfermo, sus haberes escasos y sin futuro claro. Y encima la milicia en puertas. Un año largo robado a la vida de los que no estábamos convencidos de darlo «todo por la Patria».

Instrucción o Campamento de tres meses en Ovejo (Córdoba) y el resto en Caballería (Sevilla). Mili dura para la que hicieron otros. Un cuartel con aires de penal, castillo o fortaleza en donde, según me informaron después, se preparaba a los soldados casi casi como a «los novios de la muerte». Y es que ya se olía en el ambiente el instinto conspiratorio del cuartelazo próximo. Tanto es así que, recién licenciado Juan, a los pocos meses se produjo el intento de golpe de Estado que todos conocimos como el 23-F: «To er mundo al suelo, que no se mueva nadie». Y la caricatura de Tejero en la prensa, bailando sevillanas diciendo: «Que se siente, coño, que se siente el arte flamenco». Todo quedó en agua de borrajas y punto, aunque para Juan (como en la canción de Julio

Iglesias) todo siguiera igual o al menos igual de inestable ante el incierto horizonte. Un caleidoscopio, un ramalazo de situaciones que pasan rápidamente sin dejar reposo y que, pasado el tiempo, nos hace recapacitar en lo que pudo ser y no fue.

Y tú, Agapita, como madre nutricia y perseverante, siempre al pie del cañón. Y la familia como la revolución rusa: un paso *p'alante* y dos pasos *p'atrás*. El caso es que tras la diplomatura de Juan y su licencia militar transcurren unos años en los que hacen su aparición los problemas digestivos de Fernando, el timón, el motor económico y único de manutención. Fueron años de idas y venidas a la Residencia García Morato, poco después convertida en Virgen del Rocío. 50 kilómetros de distancia entre el pueblo y la ciudad; 50 kilómetros en taxi o ambulancia porque no se disponía de coche propio. Juan en las milicias y Agapita sola para todo; ir y venir de casa al hospital y viceversa durante cinco o seis años de problemas digestivos, ya digo: que si úlcera de duodeno, que si peritonitis (zanjada *in extremis*), que si…

Hoy le daban de alta y al día siguiente, cuando no llevaba ni veinticuatro horas en casa, otra vez camino de Sevilla rabiando de dolor. Ese dolor lacerante que no se calma fácilmente. El mismo que poco a poco se va instalando en la rodilla y en la cadera de Agapita, que ya usaba muletas en sus andares hospitalarios. A veces recibía la ayuda de su hermana Concha, desplazándose esta desde el cercano Aljarafe, pero era una cosa puntual.

Por fin llegó la estabilidad y las visitas al hospital se hicieron mucho más esporádicas. Después del paréntesis militar, tras varios intentos fallidos en oposiciones al Magisterio, Juan consiguió un contrato como celador precisamente en la Residencia Sanitaria Virgen del Rocío (hay un relato pormenorizado de esta experiencia con el título de «Una temporada en la Residencia Sanitaria»). El primer trabajo que le salía, sustitución en verano y algo más, menos da una piedra. Dios aprieta pero no ahoga. No pasa un año y consigue una sustitución en un centro educativo de Olivares, con lo cual se queda a pernoctar en casa de su familia materna, perseverando en el tiempo libre en las odiosas oposiciones. Acabado este periodo, vuelve a casa y, sin trabajo de nuevo, realiza jornadas a tiempo completo en el taller familiar con los «hierros» o con las «cuentas» en la oficina, e incluso desplazándose al campo en donde se estrenaba como jornalero. Al menos sacaba *«pa los gastillos y pal carné»* de conducir que le estaba esperando a la vuelta de la esquina.

En familia (6)

Entre unas y otras cosas va llegando la hora de la estabilidad para Juan. El trabajo de celador en Virgen del Rocío le permitía repasar el temario de oposiciones debido a que prácticamente se aburría en el mostrador de entrada a las visitas al hospital o incluso cuando ejercía de celador de quirófano. Dale que te pego a los apuntes y al temario mientras duraba una operación (que algunas duran una eternidad, y si no que se lo pregunten a los familiares que esperan ansiosos) en un gabinete adjunto, silencioso y, por lo tanto, apto para el estudio, o de recepcionista en la Escuela de Enfermeras (iba a decir en la Escuela de Sirenas; ¡si le leyera su padre!, con lo que nombraba este título), lugares todos óptimos para lo que se traía entre manos. Es el momento en que su padre sufre de nuevo dolores intensos en la parte baja del abdomen, siendo necesario su traslado al hospital en donde es intervenido de urgencia, resultando de todo ello un pronóstico totalmente desesperanzador: leiomiosarcoma, o sea, cáncer para entendernos. En esos días (Dios aprieta nuevamente pero no ahoga) Juan ha conseguido sacar la plaza, con lo cual tiene asegurado su futuro, obteniendo su primer destino en la capital. Eran los días en que Paquirri murió corneado en Pozoblanco (hay fechas y aconte-cimientos que no se olvidan por la conjunción de hechos). Así la vida y sus circunstancias. Agapita sin dejar el hospital, apoyada por su hijo en todo momento hasta el punto de que este iba y venía a las revisiones médicas, optando por ejercer la docencia en su pueblo de toda la vida para estar junto a su familia que tanto lo necesitaba. Fueron meses de calma relativa con sus dosis de quimioterapia y sus visitas al traumatólogo para Agapita, que ya acusaba sus problemas de rodilla. Un hogar necesitado de atenciones y cuidados en el que Juan colaboraba diariamente cuando sus obligaciones le dejaban tiempo libre.

En familia (7)

A partir de este momento se establece otro periodo de equilibrio en donde no sucede nada excepcional sino la línea horizontal que lo cotidiano imprime a cualquier convivencia, hasta que en 1985 fallece Fernando consumido por la enfermedad y el largo proceso degenerativo, quedando Agapita acompañada por su hijo y por las esporádicas visitas de sus hermanas que seguían desplazándose desde el Aljarafe. A partir de ahora se desarrolla la carrera docente de Juan, que en su pueblo nunca será profeta (como reza el dicho) pues al opositar por Educación Preescolar quedó establecido como especialista en ese apartado, ese «salvavidas» que a la hora de la verdad no colmaba sus aspiraciones después de tantas Humanidades, tanto libro y tanta historia. Y lo curioso es que las directrices que le dieron los supuestos expertos en la materia no tenían nada que ver con las que se impartían en los centros escolares, con lo cual existía un radical divorcio entre la teoría y la práctica. De modo que a Juan no le quedó otra que adaptarse a las circunstancias e ir capeando el temporal, como suele decirse. Con el tiempo fueron llegando a los centros las directrices teóricas que en un principio chocaban de frente con los antiguos postulados del Parvulario de toda la vida, lo que unido a la experiencia adquirida y acumulada año tras año, hicieron más atractiva la enseñanza ejercida por Juan.

Durante todos estos años se producen varias incidencias que cambian la situación familiar:

Juan contrae matrimonio con su novia de toda la vida (que no aparece en esta historia porque decidí contar solo el devenir de Agapita y su familia directa). Fruto de esta relación nacerán dos hijas que seguirán los pasos de su padre, dedicándose a la enseñanza.

Agapita se opera (ya iba siendo hora) de una rodilla y le colocan una prótesis. Años más tarde se opera de cadera con resultado negativo, por lo que imposibilitada para desplazarse necesita un andador permanente.

Fallecen Concha y Dolores, hermanas de Agapita, allá en el Aljarafe.

Casi centenaria, fallece Agapita. A su memoria y a la de su marido va dedicada la presente historia.

Heridas cicatrizadas

Nos separaba un océano inacabable. Eso era lo principal. Después había más inconvenientes: dos maneras distintas de expresarse, de entender el mundo, de organizar la propia vida… Incluso el color de la piel nos diferenciaba en un abrir y cerrar de ojos.

Hubieron de pasar muchísimos años, largos siglos de lucha inacabable para que desde el nuevo milenio supiésemos otear el resultado lento pero seguro de una idea de Hermandad.

Que sí, que fue una colonización en toda regla, que el hombre fue un lobo para el hombre (según imperecedera expresión de un filósofo anglicano), que la explotación de los indígenas no tenía perdón ante los ojos de aquel Dios, de aquella Cruz que portaba el hombre blanco. Todo muy injusto y abominable, pero la época imperial fue así en todo el orbe conocido y no de otra manera.

Y una idea de Hermandad prevalece (cerradas las viejas heridas, urbanizado el mundo virgen, no siempre para bien), fortalecida por lazos fraternos de una a otra orilla, más una lengua común allende los mares.

Que no es poco.

Echando el ratito

Era sábado a eso del mediodía cuando Mariano decidió reunirse con los amiguetes para tomar unas copas. De manera que bajó las escaleras de casa todo lo rápido que su corpachón le permitía, enderezando derecho al abrevadero sabatino.

Ya le esperaban allí sus congéneres Paquito y Marcelino. Paquito delgadito, Marcelino gordinflón. Así los catalogaba Mariano cuando llegaba ufano al Rincón de Los Manolos; una tasquita curiosa, colmada de parroquianos a la hora clave del vinito y el tapeo, enredados en la inconfundible madeja de la amistosa charla, preñada toda ella de goles, capotazos o críticas al gobierno (qué menos) y de fondo el cante jondo que no podía faltar, saliendo bajito por el altavoz de la radio. Nada de cante en directo, no. SE PROHÍBE EL CANTE, rezaba en un cartel bien visible para todos.

—¿Van o no van…?

—¡Venga esos *montaítos,* canalla!

—¡Que te lo comes tooo!

—¡Otra ronda, niño!

Y así, como quien no quiere la cosa, discurría el encuentro de los sesentones tasqueros, entre mofas y chufas bullangueras, calando en los jubilados cuerpos de aquellos paisanos añosos. La querencia sempiterna del vinito y la tapita con o sin cigarro.

—¡Otra ronda, niño!

—Pero qué manía de llamarle niño al camarero. Se dice chaval, ¿no?…

Era la voz estentórea de Mariano, licuado por el líquido elemento y la morcilla rústica, la cara tirando a rosa y los ojillos vivarachos.

—Bueno, señores —les decía a sus contertulios—, yo tengo ya el cuerpo *jecho*, así que me voy *p'al* cortijo. Y diciendo esto sintió la rareza, como una náusea interna que le obligó a sentarse. Pidió un periódico por abanico y respiró atónito. Tras un golpe de tos se echó mano al cuello sintiendo un nudo en la garganta. El cuello, sí. El «cuello de corbata». Improvisaron el reposo del moribundo con varias sillas de tijera.

—Rápido, que venga el médico.

Mas todo sobraba. Mariano yacía cual largo era rodeado de miradas incrédulas, arrebolado y cárdeno de mejillas, todo desmadejado en el sinsabor del mediodía en aquella tasca en donde bajito, bajito, aún se escuchaba —tristes los rostros y rota la francachela— el cante por bulerías.

El grito de las tierras vírgenes

Los hombres-pájaros ataviados de taparrabos y armas mortíferas, untados de pinturas ancestrales y otros menesteres, salieron de la espesura y congregáronse en torno al rito del Dios Eterno.

Depositaron sus atavíos en la explanada cercana al altar y comenzaron los prolegómenos de la invocación. Después de las abundantes lluvias los ríos bramaban en cascadas impetuosas y la naturaleza vegetal resplandecía lujuriosa y atemporal, envolviendo a la selva en un manto de niebla eterno.

El altar del Dios refulgía ahora dorado por un sol poderoso en las alturas de la pirámide y los indígenas se inclinaban solícitos ante las celebraciones venideras. Las mujeres-pájaros danzaban circularmente acompañando a sus guerreros, agradeciendo con sus cánticos los dones ofrecidos por la madre naturaleza. Celebrábase así el paso de la estación de las lluvias a la estación seca, después de una época de luchas con los hombres venidos del otro mundo, aquellos que llegaron allende los mares provistos de naos y caballos navegando por el anchuroso Río-que-nunca-se-seca. Aquellos fueron tiempos de barbarie y combate y después de todo, tras el ocaso de las batallas, se llevaron a cabo los ritos para las ejecuciones de los prisioneros venidos del otro mundo. Se procedía igual que ahora, solo variaba el sentido y la finalidad de las ceremonias. Ofrecían al Dios Eterno las entrañas de los que iban a morir sacrificados, pagando así con su vida la osadía de haber violado el territorio puro de los indígenas, la madre naturaleza inviolada desde tiempos ancestrales.

Si nuevamente tuviesen conocimiento de sucesivas incursiones de extranjeros en sus tierras, procederían de inmediato, anticipándose a que se adentraran en la jungla. Apostados en los árboles de los márgenes del Gran Río, los hombres-pájaros lanzarían a diestro y siniestro sus dardos envenenados con curare y diezmarían a los europeos en sus mismas barcazas, antes de que pusieran un pie en la tierra.

Todo pues hacía adivinar una paz duradera. La ausencia de incursiones y la protección bajo custodia in extremis de los tesoros de esmeraldas celosamente vigilados exteriorizaban la alegría y confianza de aquellos seres virginales. Solo la Naturaleza, madre nutricia y fecunda, podría volverse paradójicamente en contra de sus criaturas por azares del destino. La Naturaleza da y quita. Cara y cruz de un destino fijado allende los tiempos. De manera que inopinadamente, la tierra empezó a bramar como un monstruo tenebroso; primero sordamente y después, a medida que los días transcurrían, agudamente, como un pitido insoportable para los habitantes. Hasta que los decibelios superaron el umbral de lo soportable, como consecuencia de lo cual, las criaturas enloquecieron sin saber los motivos. Lógicamente aquella desgracia era atribuida al Dios Eterno o a cualquiera de sus variantes, aunque no era comprensible, no entraba en sus cabales que aquellos ritos y ofrendas hacia la Divinidad tuviese como respuesta una contestación tan bárbaramente desconsiderada. Así las cosas, los bramidos se sucedían a intervalos cada vez más cortos, como si un ser enormemente maléfico destapara las raíces del subsuelo. Pronto la tierra se escindió en mitades y las entrañas se asomaron a la superficie escupiendo fuego y humo, más materiales geológicos de todo tipo. Los indígenas eran literalmente tragados hacia las simas ardientes y sepultados sin contemplación.

Al cabo de un tiempo de imparable destrucción, el paisaje era un caos desde lontananza hasta el primer golpe de vista. Nada ni nadie quedó en pie y hasta los guardados tesoros de piedras preciosas desaparecieron bajo el manto de gases y pedruscos. Solo en días sucesivos el aire fue purificado y las aguas del mar volvieron a ser transparentes para que poco a poco, casi invisiblemente, el primer signo de vida infinitesimal se abriese paso dando origen al misterio de la vida.

Iluminación y casticismo: viaje Madrid-Toledo

Cuando se acerca el periodo navideño surgen aquí y allá ciertos motivos para salir de viaje. Un motivo recurrente últimamente es el de contemplar el alumbrado navideño de un lugar determinado. A mí no me interesa este tema pues la iluminación navideña es (así la veo yo) muy parecida por distintos que sean los lugares y, la verdad, no le encuentro mayor enjundia, aunque tratándose de Madrid y de paso Toledo no estaba mal darse el paseo por lugares tan castizos, ciudades ambas que ya visité no hace mucho. De manera que salimos en autobús por agencia de viajes desde Sevilla una mañana de diciembre, camino de la ciudad del oso y el madroño. Al bordear Córdoba paramos a desayunar en una venta en donde repeinados camareros se multiplicaban vertiginosamente para atender los innumerables cafés y tostadas que los hambrientos viajeros demandaban insistentemente. Parada, desayuno y meada correspondiente, amén de los que necesitan expeler sus humos particulares porque adentro no se puede. Reanudado el viaje vamos subiendo poco a poco hacia la meseta, dejando atrás Bailén y acercándonos por donde «se despeñan los perros», atravesando túneles horadados en la montaña, camino este dulcificado no hace mucho, cuando antiguamente los vehículos chirriaban cuesta arriba ante el tremendo esfuerzo al que se veían sometidos. De ahí hasta Almuradiel un paso y nueva parada técnica: diez minutos no más, para ir al servicio, estirar las piernas y echar un cigarro. No hace demasiado frío y se agradece. Comunidad de Castilla-La Mancha por delante. La Manchapampa la llamo yo. Un llano sin fin como el inmenso páramo argentino, es un decir. De un tirón hasta Valdemoro, lugar de parada y fonda en un hotelito decente y económico. Pensión completa con agua y vino en las comidas. Ya llegarían las quejas ante las consabidas sopas de ajos o caldos con estrellitas. ¡Qué espera la gente por 255 euros, 3 días y dos noches, pensión completa, autobús ida y vuelta con guía incluido! ¿Comer a la carta encima? Ay, ay… Estos andaluces…

Por la tarde partimos para Madrid en busca del prometido alumbrado y… ¿dónde lucen mejor las bombillitas? En el centro como en todos sitios. Recorrer por cuarta o quinta vez en mi vida la Carrera de San Jerónimo, la calle Mayor, desembocar en la Plaza del mismo nombre, la Puerta del Sol, Gran Vía y así, no me supuso gran cosa, solo constatar la uniformidad y repetición del fenómeno navideño a escala mundial: sobrecarga rutilante de luces de colores haciendo honor al famoso *horror vacui*; belenes y figuras típicas repetidos en serie; desocupados cuyos *modus operandi* consisten en meterse dentro de figuras animalescas de la nieve: osos blancos, yetis horripilantes, abominables hombres de las nieves y demás conocidas parafernalias al gusto popular. Todo ello visitado por, ya no decenas ni centenas, sino millares de personas de toda edad y condición que tropiezan y se estorban unas a otras dispuestas a ser robadas sigilosamente por espabilados carteristas situados en lugares estratégicos.—¡Cuidado con los bolsos y carteras! —vocea el guía. Eso era en la tarde noche el centro de Madrid. Exhaustos y cansados volvimos al hotel después de estar zumbando todo el día. Llegada, cena y a la cama. Mañana será otro día.

Otro día que comienza con desayuno *buffet* y los viajeros tropezándose/estorbándose nuevamente, adormilados aun cuando procuran echar mano de los zumos, cafés, panecillos y demás excelencias del hotel.

—¡Vamos, que a las 9 salimos para Madrid! —vocea el conductor. Visto y no visto. El guía se sube en Atocha e inmediatamente comienza la perorata consabida. El guía es un marroquí jovencito que sabe más de Madrid que cualquiera y así se busca las habichuelas:

—A la derecha el Paseo del Prado donde se ubica el famoso museo del mismo nombre. Más allá la Fuente de Neptuno en donde al final de la mañana os recogerá el autobús sobre las 13 horas. La Cibeles y el edificio de la Telefónica… recorrido castizo por la zona de siempre; La Almudena, el Palacio Real, los Jardines de Sabatini… Nuevamente la zona está colmada de personas disfrazadas de muñecos de nieve, *papanoeles,* magos varios y animales gigantes, sin olvidarnos de los típicos trajes regionales o nacionales de toreros y gitanas, manolos y chulapas (donde vas con mantón de manila…) en donde el turista pone su cara y el fotógrafo hace el resto de la gracia: mira al pajarito, *flash,* fogonazo y ya está. De ahí se sube cómodamente para la zona emblemática en la que ya anduvimos anoche. Y el guía no para de hablar elevando la voz ante los músicos ambulantes e improvisados que le anulan su discurso. Bullicio y más bullicio. Colas en administraciones de lotería (no solo en la de Doña Manolita pues otras señoras no tan publicitadas también reparten la suerte), colas en comercios, colas en los bares… Llegamos al kilómetro 0, donde es obligatoria la foto de rigor. Hay quien no aguanta, se aparta del grupo y consigue a duras penas un bocata de calamares.

—¡Por favor, vamos todos juntos, no se dispersen porque corremos el riesgo de perdernos! —grita el marroquí enarbolando todo lo que puede el distintivo de grupo con banderita azul. Cuesta abajo llegamos al edificio de las Cortes en donde como es sabido, dos enormes leones custodian la entrada. El lugar es idóneo para que se prodiguen comentarios despectivos y más bien jocosos sobre los actuales gobernantes, demostrando cada viajero lo versado que está en la política del momento, aunque también se cuentan anécdotas del pasado, como la referida a una de las ventanas del edificio por donde «salió mi primo Paquito, guardia civil por más señas, el día de la liberación de los miembros del Congreso, toda vez que Tejero depuso su actitud golpista».

Quince minutos, tal vez media hora más tarde, el autobús al ralentí espera a los viajeros y cuando están todos (lo cual no se consigue a la hora señalada porque siempre hay alguien que: o está bebiendo, o está fumando, o está meando y/o cagando) parte de regreso presto para el almuerzo.

El chófer y el guía, conchabados en casi todo, proponen visitar esta tarde el Parque Europa, situado en la localidad de Torrejón de Ardoz. Un parque de atracciones con el atractivo de ofrecer al visitante réplicas arquitectónicas del Occidente europeo (Torre Eiffel, Torre de Londres, Fontana de Trevi y demás edificios conocidos). Al caer la tarde, reina la humedad ante tanta zona verde y la noche enfría aún más el ambiente, con lo cual iniciamos la retirada, no sin antes volver para Madrid y disfrutar de un recorrido panorámico en el bus por la zona de Ventas, subiendo por la calle de Alcalá (con la falda *almidoná…*) y sus rutilantes joyerías y comercios lujosos (nuevamente el alumbrado navideño prolegómenos del Barrio de Salamanca, hasta sobrepasar la Puerta de Alcalá (mírala, mírala, mírala, míralaaa). Después de esto, llegada, cena y a la cama.

El tercer día nos recibe con más de lo mismo: desayuno ordinario con viajeros zombis que buscan desesperadamente ponerse en la cola de la maquinita del café (solo o con leche, corto o largo, capuchino o expreso), que ojalá funcione aunque sea a medio gas.

—¡Señores viajeros, nos vamos para Toledo! —urge el guía o el chófer, tanto monta monta tanto, en la puerta del hotel—. No olviden recoger las maletas, DNI y demás efectos personales, que, una vez en camino, aquí no volvemos —avisa.

Hace más frío que ayer y conforme nos acercamos a la capital de Castilla-La Mancha, observamos por los campos aledaños multitud de conejos desafiando la frialdad reinante. Más de medio autobús ya conoce Toledo (manías de repetir o nostalgias del recuerdo) por lo que las famosas y empinadas escaleras mecánicas que nos elevarán hasta la zona del Alcázar ya no nos sorprenden tanto. Gran comodidad esa, subir la colina cómodamente. Pero en esta ocasión, la guía nos introdujo por un laberinto de intrincadas callejuelas desconocidas para muchos. Allí se explayó demostrándonos sus amplios conocimientos sobre las tres religiones que coexistieron en tan emblemática ciudad: la cristiana, la hebrea y la musulmana, así como los símbolos religiosos esparcidos y colocados en estratégicos lugares. Una vez comprobadas (y soportadas) las humedades y frialdades de tan estrechísimos lugares, que algunos comparamos con nuestro sevillanísimo Barrio de Santa Cruz (este me llena más, ¡fuerza y honor!), llegamos a la plaza por excelencia toledana, la plaza de Zocodover, bocadillos de jamón, mazapanes típicos, más lotería, oigan. Al lado se yergue la inmensa mole del Alcázar, con sus afilados pináculos acariciando el cielo límpido de la mañana, eternizando aquella lucha fratricida entre milicianos republicanos y sublevados militares y civiles.

Al rato iniciamos la bajada por idéntico procedimiento, no sin comprobar que una ingente masa de orientales (chinos, japoneses o vaya usted a saber) subía escaleras arriba para contemplar la parte alta de la ciudad. Lo que es el turismo, gente procedente de los rincones más alejados del mundo visitando la ciudad imperial. Y nosotros baja que te baja en busca del bus que nos mostraría una panorámica de la ciudad desde el Tajo, camino del Cigarral de Toledo en donde repondríamos nuestras cansadas fuerzas.

Se procede a la bajada hacia el Sur. Vamos dejando atrás el llano manchego y las últimas estribaciones de Despeñaperros, penetrando en al-Ándalus previa parada en la venta de turno: cafés, cigarros y servicios, también tentempiés y cositas varias.

Raudo y veloz, el autobús devora kilómetros como alma que lleva el diablo. La tarde va llegando a su fin y tímidamente el campo se va inundando progresivamente de lucecitas esparcidas por aquí y por allá. Cae la noche definitivamente cuando bordeamos los alrededores de Córdoba. Dentro de hora y media, más o menos, llegaremos a nuestro destino. Pesado se hace el cruzar y atravesar carreteras secundarias para llegar a casa. El autobús se adapta a las vías y reduce considerablemente su marcha. La radio monótona adormece a media voz. Los viajeros cabecean y dicen poco, cansados y soñolientos.

Tras la llegada, un sinfín de maletas rodantes chirrían en las aceras propiciando el conocido dicho: Cada mochuelo a su olivo y mañana será otro día.

La rarita

La Lamaban la rarita por sus gustos y maneras y mayormente por su porte de niña empollona y de gafitas. Con ese aire
intelectualoide que derrochaba: Matrícula de Honor en esto,
Sobresaliente en lo otro… Trató a sus amigos con aire de suficiencia despreciando sus ansias veraniegas de cuerpos anhelantes,
marcadamente broncíneos y apetentes de trasnoche. Era La Rarita
tan tranquila y modosita, como de otra época, tan abrumado-
ramente diferenciada de sus iguales, que sufrió el estigma de su
tiempo: circular de móvil en móvil en una imagen desenfocada
y absolutamente perniciosa para su integridad.

No hay mal que por bien no venga

Los gobiernos mundiales han decretado el final de las relaciones sexuales entre humanos. El considerable aumento de las enfermedades de transmisión sexual aconsejó en su día la utilización de la goma, necesaria en todo contacto entre cuerpos, pero la goma ya no existe, o sea, se ha extinguido en nuestro planeta. El uso y abuso del caucho (con la devastación de la selva amazónica como último reducto) ha acabado con la única fuente de producción natural de producción de goma y otros productos sintéticos afines, lo que invita a pensar en que hacer el amor será a partir de ahora cosa del pasado.

Las distintas iglesias, los profetas de la fe y demás estados confesionales o no, han arrimado, como suele decirse, el ascua a su sardina y proclaman a los cuatro vientos las excelencias de la abstinencia y de su prima hermana, la castidad. Prometen la nueva venida de los tiempos y el beneficio adquirido ante el declive de los excesos cometidos en nombre del sexo sin tapujos. Para paliar en parte las posibles injerencias y tropelías que puedan producirse, Iglesia y Estado han propuesto al alimón que aquellos cinturones de castidad de nuestros ancestros pueden sacarse del baúl de los recuerdos y utilizarse si procede (vamos, si el estado mental y evolutivo lo permite), ya que enfermos sexuales y no tan enfermos puedan desatar un aumento del furor *in extremis.* Las presentes disposiciones quedan vigentes hasta que no se descubran nuevas fuentes naturales para elaborar la goma, lo cual por ahora es poco menos que imposible.

Ha pasado el tiempo y los seres humanos han demostrado con creces una absoluta contención ante la llamada urgente de sus instintos naturales, de modo que los poderes rectores del mundo mundial están alabando este modelo de comportamiento basado en la fórmula: castidad-contención. No obstante, un hecho no por aislado menos insólito, ha venido a alterar la armonía establecida: resulta que en España, país descubridor (América, sin ir más lejos) de ciertas innovaciones para mejorar la calidad de vida, durante unas celebraciones deportivas, a un directivo se le ha desatado tal impulso sexual, que ha besado furtivamente en los labios a una deportista con el pretexto de agradecimiento y felicitación. Este hecho fortuito y aparentemente (solo aparentemente) inofensivo ha levantado tal polvareda a todos los niveles, que el país ha decidido suprimir toda actividad económico-social paralizado por la situación desencadenada. No se habla de otra cosa (bueno sí, de la ola de calor), el caso está en los tribunales y blablablá… ¿Para qué seguir?

Ante tal suceso que ha conmocionado al país entero como ya se ha dicho, el resto de países de la órbita occidental han exigido a sus gobernantes (como no podía ser menos) un cierto aperturismo sexual tomando como modelo lo acontecido en la patria hispana. Todos saben que dicho modelo es políticamente incorrecto y por lo mismo está pendiente de justicia (lo vuelvo a recalcar). Otra cosa es que lo que hoy está tipificado como delito mañana se considere como la única vía de escape para contener a las masas sedientas de sexo del mundo mundial; a la espera mientras tanto de si hay goma o no la hay.

Hombre apaleado

Meses, muchos meses, años quizá que no pisaba la calle. Aquel cuerpo exánime necesitó de cuidados diarios y rehabilitaciones múltiples. Una puesta a punto hasta el día de hoy. La fecha más o menos exacta en que los médicos no dejaron de vaticinar la completa recuperación. Al principio no le dieron demasiadas esperanzas, pero su constancia y un poco de suerte propiciaron el éxito. Así, ya en las puertas del hospital, agradeció los suaves rayos que el tímido sol de otoño ponía de nuevo en su vida.

A partir de ahora dispondría de todo el tiempo del mundo para indagar qué pasó aquella noche; de qué manera le engatusaron para propinarle tan monumental paliza; quién era el estúpido encapuchado que reía y reía estrepitosamente cuando, después de bajar las escaleras y tropezar en un maldito escalón, le arrojaron finalmente por aquella ladera que, según pudo comprobar, olía a perros muertos. Y no quedando así la cosa, arrastraron su cuerpo exánime varios metros hasta el maletero del coche, oyendo amordazado el interminable traqueteo del vehículo por secundarias carreteras hasta que fue depositado no sin violencia en un lugar boscoso, lejos de la autovía, dejando en el ambiente un aire fúnebre y fatal.

Pasado el tiempo, recibió un anónimo con el siguiente mensaje:

Amigo, nos alegramos de que haya salvado el pellejo. Si lo desea puede iniciar una nueva operación con nosotros, pero ya sabe; aprenda la lección. Asegúrese de que el material sea de primera, no cometa errores, de lo contrario nos veremos obligados a lo peor. Si usted sigue nuestras pautas se alegrará y nosotros también.

El Consorcio Capitalino

El futuro ya está aquí

Cada día son más frecuentes los casos de adolescentes menores de edad que cometen delitos: robos, violaciones y altercados de todo tipo. Estas actuaciones fuera de la ley no tienen tipificación penal por lo que un menor, sea más o menos grave el delito cometido, no puede ser procesado por la justicia (y ellos lo saben). La violencia y gravedad de estas manifestaciones sin parangón con otras épocas en el devenir de la historia, ha llevado a las autoridades educativas a replantearse la labor docente en estas franjas de edades correspondientes a los estudios de ESO y Bachillerato, pues es en los IES donde se dan los máximos exponentes de violencia verbal y física, hasta el punto de resultar heridos e incluso fallecidos los encargados de la educación de estos chicos, o sea, los profesores.

Para proteger a docentes y demás personal de los IES, el Departamento de IA (Inteligencia Artificial) dependiente del CSIC (Consejo Superior de Investigaciones Científicas) ha ideado unos robots que harán las funciones presenciales del profesorado con lo cual, la vida de los docentes no correrá peligro alguno. Estas máquinas disponen de los conocimientos específicos de cada materia a enseñar y además son resistentes a cualquier tipo de deterioro, golpe o ataque que puedan recibir; incluso pueden defenderse mucho mejor que cualquier persona. Inmediatamente surge una pregunta: ¿Qué hacemos entonces con el profesorado: los mandamos al paro, cobrarán sin trabajar…?

Los docentes cómodamente instalados en sus respectivas delegaciones educativas harán labores burocráticas (esas que tanto repudiaban cuando se informatizó la enseñanza hasta el punto de oírles decir: no somos oficinistas, somos enseñantes), tendentes a programación y reprogramación de máquinas inteligentes, o sea, robots, que son los que van a dar la cara por ellos; evaluando no solo los resultados del alumnado sino además las tareas desempeñadas por las máquinas y demás funciones administrativas. Sí, no hay duda, el futuro ya está aquí.

Fahrenheit 451 revisitado

Sé que no debería hacerlo pero creo que era al menos la enésima vez que se me pasaba por la cabeza. Después de darle muchas vueltas, frente a la estantería, repasaba los títulos leídos y por leer y sin más preámbulos cogía el libro mil veces manoseado, y entreabierto lo hojeaba de nuevo con el mismo recelo de siempre. Después me entraba la ira, el tedio y todo lo que imaginarse pueda.

Cerraba el libro de golpe: un bolsillo de pastas sobadas y hojas tan amarillas como el otoño cuyo título se despintaba ya en el lomo. Bradbury me ha enseñado cómo desprenderme de él. *Fahrenheit 451*, verdadero y originalísimo manual de destrucción.

Doña Carmen
y Jesús de las Tres Caídas

Con 95 primaveras a cuestas, doña Carmen (prótesis de rodilla, prótesis de cadera inoperante y achaques varios) necesita de todos para ser feliz. En realidad no necesita tanto para vivir pero quiere tener a toda su familia a su lado si pudiera ser. Mal asunto en los tiempos que corren. Doña Carmen no tiene hijas sino hijos, dos, y dos nueras, y tan contenta que está, además de contar con cierta ayuda oficial por la Ley de Dependencia. Perdió a su marido y a sus hermanas hace la tira de años, y por lo mismo dice que no quiere vivir, que sin familia directa ya (salvo sus hijos) «qué hago yo en este mundo». Así implora e implora a diario a esa réplica del Cachorro de Triana que tiene por crucifijo: «que haga el favor de llevarla a su lado lo antes posible, que ya me he caído tres veces como Jesús y que no quiero padecer más».

Una grúa, tardía pero cierta, ha venido a aliviar los desplazamientos (de la cama al sillón y viceversa) de doña Carmen. Y así un día y otro hasta que Jesús el de las Tres Caídas se acuerde de ella.

Ola de calor, ola de indignación

Agosto de 2023. Quien diga que cruzar los Pirineos es garantía de frescor miente como un bellaco. Antes bien las altas cumbres, lejos de ponerme la piel de gallina, me produjeron sudor e insolación porque el astro rey fulgía terriblemente con todo su esplendor. Sí, ya sé que en el mes de la fecha que encabeza este relato no puedo esperar nieve ni cosa que se le parezca, pero al menos suave brisa, fresco.

Ni hablar, torridez, sequedad, aire caliente, denso e impuro, y un autobús cargado de viajeros con el aire acondicionado a tope. Ola de calor decían, y nosotros camino de Lourdes por si a Nuestra Señora se le ocurría, en un acto milagroso, refrescar el ambiente, tampoco era mucho pedir, pero qué va; ni por esas: una ingente muchedumbre colmaba la explanada de la basílica en espera de la famosa Procesión de las Velas. Al calor reinante se sumaban las innumerables lucecitas rojas que los fieles portaban con fervor. Llegamos precipitados a la procesión después de subir en el hotel las maletas a pulso ¡¡¡porque el ascensor no funcionaba!!! La cena corriendo al llegar porque en Francia se cena a las 7 ¡y en verano! Je, je, je. Calor sofocante + maletas a pulso + innúmeras velitas rojas cual mariposas en palmatorias = Calor + calor + calor.

Extenuado y sudoroso, con el pulso angustiado, me metí en un bar cercano a ver si un Bacardi con Coca Cola y mucho hielo me refrescaba: «Señor, en Francia no se sirve alcohol pasadas las 9 de la noche —me dijo el camarero—. ¡Y eran escasamente las 9:15!»

Vuelta atrás. El autobús desanda el camino. De Lourdes (Francia) a Jaca (España), vuelta a cruzar los Pirineos y el calor no cesa, De Jaca a Zaragoza y de Zaragoza a Madrid. En la capital de España cambio de autobús, menuda paliza de viaje; maletas que vienen, maletas que van. Los telediarios confirman un día más la ola de calor. Es la noticia principal junto a otra sobre un alto cargo deportivo que se ha propasado con una deportista añadiendo leña al fuego/juego del machismo/feminismo. ¡Toma ya! Es lo que hay. Mala baba.

El autobús camina hacia el sur. Pasa cansino el largo y tedioso llano de la Mancha, atraviesa Despeñaperros dirección Bailén-Córdoba y de ahí a Sevilla un paso. Cuando llegamos a la capital andaluza me invade el sopor. No se mueve una hoja. Los árboles están como pintados en un lienzo. Ya en casa, el aire acondicionado a tope no es capaz de dar el beneficio acostumbrado. Nos fuimos huyendo del calor y volvemos con más calor si cabe. Enciendo la tele y prosigue el bombardeo de noticias, preferentemente la agobiante ola de calor que azota a España y Francia y la no menos agobiante parafernalia del caso estrella: el abuso del presidente de la Federación Española de Fútbol sobre la deportista cualificada, y pienso con bastante pesadumbre, que si bien hay cosas que el ser humano no puede solucionar porque escapan a su control, sí que hay otras ciertamente caprichosas y estúpidas que podrían evitarse. Ceno ligeramente y me voy a la cama que me espera con los brazos abiertos. Mañana será otro día.

Antes y después

Sin mascarilla apareció su sonrisa. Amplia y reluciente, radiante de ojos y dientes. Una sonrisa nunca vista que alertó a todos los familiares y amigos, porque Amadea nunca rio ni apenas sonrió. Nació y evolucionó con un rictus permanente de seriedad y congoja y todo esto aconteció mucho antes de que apareciera el virus. La niña era un muestrario de seriedad y rigor. Nació triste y vivió triste sin saber nadie los motivos. Ni pediatras ni psicólogos infantiles lograban sacarle a la cara de Amadea un mínimo de expresión facial placentera. Todo fue enmascarar sus facciones llegando el virus y... ¡Santa Medicina!, la mascarilla obró el milagro: La niña sonrió.

Mutismo severo

El niño no hablaba. Las maestras de infantil le motivaban con tacto exquisito de todas las maneras posibles. Nada de nada. Desesperados, los padres le llevaron al psicoterapeuta, ya se sabe: Que le hablen mucho, que le den charla, conversación según sus gustos y así. Más de lo mismo, nada de nada.

Por motivos que no vienen al caso la madre tuvo que ausentarse durante unos días, quedando el niño bastante triste al cuidado de unas tías.

Pasó el tiempo, y cuando apareció la madre fue tal la sorpresa que el niño gritó: MAMÁ. Con muchísimas ganas.

El latido de los sentimientos

Es cierto que de pequeño, las primeras impresiones que suceden en tu cuerpo (y en tu alma) te van marcando en lo más íntimo, moldeando ese instinto indeleble, esa tendencia característica que tarde o temprano se mostrará de forma inequívoca en el futuro y que te definirá para bien o para mal. Esto es así y no de otra manera, aunque algunos intercedan por las ideas innatas y otros rollitos similares inventados en una caverna tan lúgubre como la de Platón. El caso es que fue para bien y comenzó en la primera infancia por influjo paterno y de forma sistemática, como se asientan las aficiones verdaderas, o sea; un día sí y el otro también, siendo esta la manera de adquirir progresivamente el dominio o adiestramiento más adecuado. Lo diré ya: A mí me gusta tanto el cine porque desde chiquitín no dejaba de frecuentarlo a todas horas: sesión matinal, de tarde, de noche, continua, numerada, sin numerar... ¿Qué más da? El caso es que la fábrica de sueños se apoderó de mí, o yo de ella, convirtiéndonos ambos en una simbiosis perfecta. Un entusiasmo perpetuo que dura hasta ahora mismo, envolviendo la memoria en cierta aureola romántica definida como *cinefilia,* grandísima palabra esta, cinefilia, que ha venido a engrosar el popular diccionario de modernidades y posmodernidades en que se ha convertido nuestra vida. Mas a un servidor no le interesa el vocablo sino como punto de partida del análisis generacional-sociológico; es decir, como correlato puro y duro de las interferencias entre la realidad y el deseo.

Y no es gratuita la cita cernudiana, ni la farragosa prosa, ni mucho menos la justificación, alambicada a todas luces, de esta aparente introducción.

La barriada

La realidad y el deseo se nos muestran a veces como aspectos contrapuestos, a veces como aspectos complementarios, tal vez como la cara y la cruz de una moneda en continuo intercambio. Como el vaivén entre lo cotidiano (la realidad) y lo extraordinario (el deseo). Así funcionó en mi caso la fábrica de sueños y así se manifestó muy pronto, desde que feble y feliz, inocente y noble, me encaramaba sobre los hombros de mi papá durante la noche estrellada, vislumbrando una pantalla de cine. De cine de verano del que apenas oíamos sino los diálogos sordos y amortiguados, las músicas estridentes o románticas que retumbaban por los tejados en la calor pegajosa de un julio de búcaros y jazmines, los mismos que envolvían el sueño intermitente y perfumado. La realidad y el deseo penetrando ambos en el frescor nocturnal del patio invadido de grillos, de volátiles palomitas acudiendo a la luz raquítica de la bombilla. El aire denso, apenas interrumpido por el sonoro viajar de las rotundas cantinelas del cine, de las charlas asordinadas de los vecinos amodorrados al frescor mínimo y necesitado de la noche, mientras los niños subían las tapias del corral embobados con lo que sucedía en la pantalla próxima y gigantesca. Tanto daba en color como en blanco y negro, aunque el primero nos gustaba más, qué duda cabe. Y de pronto se oía la voz nasal de mi papá que cabeceaba en la mecedora: «Niños, a dormir que ya es hora», mientras nosotros permanecíamos absortos en el rectángulo mágico contemplando las cabalgadas, las persecuciones y los gritos desaforados subrayados por la música vertiginosa que se propagaba por el cielo hasta llegar a oídos de los vecinos languidecidos de sopor en sus hamacas. Sobresaltados por el estampido de los disparos, por las ráfagas interminables de aquellos peliculones nocturnos y vociferantes, y eso era así porque aún no se había estrenado la primera tele privada y particular, de modo que todos disfrutaban/soportaban por igual el espectáculo. «Niños, a la cama», repetía mi papá, y la cantinela seguía y seguía sin piedad, martilleando a los de siempre, moradores de unas viviendas que fueron bautizadas con el despectivo atributo de «baratas» (aunque aún siguen en pie, desafiando al tiempo transcurrido).

—Yo prefiero la radio —comentaba un vecino—. Te la colocas en la oreja y… allá películas.

—A mí me ayuda a dormir —añadía el de enfrente.

¡Ah, las casas baratas!, refugio de menestrales, oficiales y oficiantes. Allí se colocó el cine de verano; sí, señor.

«La SER, por su cadena de emisoras presenta…», y sonaba en la radio la sintonía del programa «Ustedes son formidables», aquel fragmento de la obra de Dvorak (*Sinfonía del Nuevo Mundo*) con Alberto Oliveras poniendo su lastimera voz (Alberto Oliveras era una voz sin imagen, o sea, la radio pura) recaudando fondos para enfermos y desahuciados sin cobertura social. Melodrama puro de claras raíces cristianas, se diría. Pero la radio no era óbice para que el cine no se llenara cada noche con unas películas u otras. Lo mismo daba una comedia que un drama, una de aventuras o una de terror. El caso era que se llenaba, igual que los vasos de agua que ocupaban el mostrador lateral para ser bebidos de un tirón a cambio de una perra gorda. De modo que alguna noche, mi papá me llevaba a contemplar el espectáculo-rey, preferentemente una película de Joselito o cualquier otro ejemplo (hoy trasnochado y relegado a la programación de Canal Sur) de lo que entonces se conocía como «cine de cantaores»: *El padre Coplillas, Los duendes de Andalucía, El alma de la copla*... O sea, que me inicié en los caminos cinéfilos a través del llamado «cine folclórico», el más impuro de los géneros cinematográficos (que supe luego, claro). La copla, las cupletistas, los cupleteros. Con el cine a rebosar de criaturas pidiendo vasos de agua. También aparecían los cómicos variopintos, tanto nacionales como extranjeros: los gordos y los flacos, los charlots y los cantinflas. Los fernandeles y muchos más. Era un cine a la antigua ya entonces, desfasado aunque perfectamente digerible en programas dobles para todos los públicos. Graciosa, inolvidable combinación de inocencia y arte.

Curiosa realización de arte universal por y para todos. Algo que hoy sería poco menos que impensable, como impensable era dormir a pierna suelta cuando te chirrían los violines agudísimos de la banda sonora que volvían a traspasar los tejados periféricos de aquellas baratas, superbaratísimas casas en donde mi papá, con su cansina modorra, me repetía: «Niñooooo, a la camaaa».

La plaza Nueva

El cine de verano de la barriada no era el único. Existía otro no lejos de aquel, colindante con el famoso Bar Manolo y que yo pateé preferentemente en sesión matinal aunque no demasiado. Un cine dominado por olores culinarios procedentes del vecino establecimiento y frecuentado por señores de abrigo y señoras compuestas y en donde se proyectaba casi únicamente en días festivos o acontecimientos especiales. Por aquella zona deambulaba yo con mi papá y mi gato (un gato viejo y paciente) bajando hasta el centro del pueblo en donde hacíamos los recadillos de rigor, mientras el minino dichoso nos esperaba en la Cruz de los Caídos enredado en la floresta, observándonos atento con sus ojos fosfóricos y partiendo raudo en nuestra busca en cuanto nos veía subir la cuesta. Entonces me fijaba en el cartelillo del cine y deletreaba las palabras allí escritas. Primero el título: *El árbol del ahorcado*. Después los nombres de los actores o sea, el reparto o el elenco (como dicen los hispanoamericanos): Gary Cooper, María Schell, Karl Malden… Y me impregnaba de una ilusión desbordada e incontenible que, llegado el momento no me hacía esperar y preguntaba imperioso:

—¿Vamos al cine, papá?

—¿Qué echan?

—Una del Oeste —contestaba yo.

De modo que esa fórmula de pregunta/respuesta se consolidó temporalmente de manera inmemorial en nuestras vidas.

—¿Qué echan?

—Una de John Wayne. *Río Bravo*.

—¿Qué echan?

—Una de Spencer Tracy. *Conspiración de silencio*.

—¿Qué echan?

—Una de Richard Widmark. *La ley del talión*.

—¿Qué echan?

—Una de…

Y así sucesivamente en un ir y venir de títulos/actores, títulos/actores, convirtiéndome con el tiempo en el «niño que veía muchas películas», etiqueta con la que en la actualidad me sigue identificando no poca gente. Mas, qué hubiese sido de mí si, tímido y retraído como era, no hubiese frecuentado la plaza Nueva, lugar gratísimo a todos los efectos, en compañía de los amiguitos de escuela. A ellos, que iban al cine menos que yo, les contaba los pormenores de los filmes, el inminente peligro que acechaba al héroe de turno, la entrega amorosa (por no decir erótica porque aún no formaba parte del vocabulario usual) de la heroína, los finales felices culminados en el famoso *«THE END»* hollywoodiense y un sinfín de vivencias inacabables. No recuerdo demasiado de las películas vistas durante la infancia a no ser que la revisión de las mismas, con objeto de un pase televisivo, una reposición o una revisión en internet o en las actuales plataformas, me haya refrescado la memoria; más bien rememoro escenas aisladas que de alguna manera quedaron almacenadas en el subconsciente y que por motivos más bien líricos afloran al pensamiento, a saber: la secuencia del incendio de Atlanta (*Lo que el viento se llevó*); la mirada tensa y cabizbaja de Gary Cooper —«que estás en los cielos», Pilar Miró *dixit*— (*Solo ante el peligro*); los tonos apastelados de la fotografía y los decorados (*La gata sobre el tejado de zinc*); Kirk Douglas con atuendo pastoril (*Ulises*); algún monstruo antediluviano dando coletazos en los precipicios (*El mundo perdido*); los leprosos subiendo las escaleras de la mazmorra (*La tumba india*); la escena de la ducha (*Psicosis*) o la de la avioneta acosando a Cary Grant (*Con la muerte en los talones*) y mil anécdotas más.

La plaza Nueva, recinto amplio en donde se jugaba al fútbol y a todos los juegos de infancia, lugar donde se instalaba el guitoma por temporadas y se celebraban las ferias (Santiago y San Roque) con sus atracciones y puestos varios, con sus asientos colmados de pandillas y parejas de novios y su caseta municipal única (no había más) en donde los grupos de música yeyé (como se denominaron en aquellos años) animaban al personal que cuando no quería o no podía pagar la entrada, se colaba por las barandas en un descuido del portero. Plaza Nueva, hoy convertida en parque infantil después de reestructuraciones y cambios en su fisonomía, lugar superfrecuentado por encontrarse allí el consultorio.

La Pontezuela

Siempre me picó la curiosidad la denominación de «pontezuela» como elemento definitorio de un lugar primordial, esencial donde los haya de la idiosincrasia de mi pueblo. Pues bien; La Pontezuela era y es el centro, la arteria que congregaba y congrega lo más nutrido de las clases sociales que en cualquier lugar se pueda dar. No descubro nada nuevo. La Pontezuela abigarraba de forma indiscriminada a todo bicho viviente que pudiese llevar nombre y apellidos: centro político-económico-social-cultural-deportivo y de ocio a tono con aquellos tiempos. Vector fundamental a la hora cinematográfica que me definió por completo. Lugar que aglutinaría mi trayectoria futura y desde donde no podría zafarme de la cantidad infinita de películas que visionamos —yo y mi padre, mi padre y yo— por los siglos de los siglos. Acudía raudo al cine y ocupaba las butacas de siempre. Me tragaba el *NO-DO* y los tráileres y, ya pasados los títulos de crédito e incluso las primeras escenas, aparecía mi padre preguntando: «¿Lleva mucho tiempo…?», y así domingo tras domingo, semana tras semana, sumidos en la sala oscura de películas años 50 y 60, o sea, la época del cine Montecarlo (antiguo cine Larry).

Hollywood y los otros cines. Cine infantil (por la tarde) y cine de mayores (por la noche), aunque esta diferencia no estuviese muy clara ni definida: Autorizada y para mayores. Yo tragaba celuloide a todo pasto, sin discriminación alguna, en sesión incluso matinal. Qué rareza salir a la calle a mediodía después de estar hora y media metido en el cine, qué sonambulez de delirio fílmico. Y mi padre, gran consumidor de imágenes desde su niñez blanquinegra, me preguntaba: «¿Qué pondrán la semana que viene?» Y empezaba la maquinaria del sueño despierto. Así día tras día, asomándome al vestíbulo del cine para ver las carteleras, igualito que el niño que hurtaba los carteles de *Ciudadano Kane* en aquella película de Truffaut (*La noche americana*), día tras día, noche tras noche. La marquesina del local goteando lluvia y la taquilla abierta enmarcando a un loro taquillero (parecía un loro con gafas aquel tipo) y el portero un gigante, un gigante con sobresuela y uniforme. El timbre sonando intermitente y la placa (al vinilo se le llamaba placa) de Machín, de Farina, Marisol o Raphael, haciendo hora: «Ese toro *enamorao* de la luna»; «La Campanera»; «Tres gardenias»; «El emigrante»; «Campanas de Linares»; «El derecho de nacer»; «El relicario»; «Currito de la Cruz»; «Nobleza baturra»; «El santuario no se rinde»; «Marcelino, pan y vino». Estas y otras películas, no por patrioteras y vetustas menos entrañables y nostálgicas, veía yo en las tardes franquistas de mi niñez, envuelto en la inocencia inocente de aquellos días perdidos.

Mañana de misas, ejercicios espirituales en el colegio (nos pasábamos la jornada escolar metidos en la iglesia, aleccionados con cánticos espirituales inacabables), tardes de Difuntos (qué largo se hacía noviembre hasta que llegase la venida del Niño Dios) y película mexicana con Santo, el Enmascarado de Plata y el corazón encogido sin saber por qué.

Por el tiempo blanquinegro
la tristeza o el dolor
la pobreza, la miseria
y qué sé yo.

Luego, los psicólogos de la Transición nos explicarían que toda esa infancia frustrada tendría como consecuencia inmediata la represión más directa, de ahí la cantidad de «asignaturas pendientes» que nos quedaban por aprobar. Y nosotros, adolescentes o jóvenes, zarandeados por los unos y los otros, nos lo creíamos a pie juntillas igualito que los sermones oficiales antiguos; de manera que nos veíamos inmersos en un lío impresionante, sin saber a ciencia cierta qué y a quién creer y deseando coger las riendas de la vida para exprimirle todo su jugo a nuestro antojo, pasando de fachas, de curas y de sociólogos baratos que ni entendíamos ni queríamos entender, aunque esa sería otra historia.

La plaza Vieja

Pequeña y enjuta, cuadradamente perfecta o casi, la plaza Vieja atesora no pocos momentos de nuestras vivencias infantiles, marcadas justamente por el devenir de la escolaridad. Niños y niñas en principio separados y juntos más tarde, por aquello de la coeducación para superar entre otros los «traumas sexuales» (que suscribirían los psicólogos evolutivos, como he dicho antes) inmersos en el maremágnum de la vida, asaeteados por el dogma y la doctrina que aún perduraban aunque los tiempos estuvieran cambiando (Bob Dylan *dixit*); asomados todos a una época nueva y renovada que se salía de madre, latiendo desesperadamente en las pulsiones internas sepultadas, ya digo, por el oscurantismo antiguo que se resistía a desaparecer a golpe de austeridades, de prohibiciones, de mortificaciones oficiales.

Plaza Vieja, tranquila y recoleta, preñada de dibujos a tiza sobre juegos infantiles, de escolares errabundos en las tardes de permanencia con manuscritos y enciclopedias Álvarez, historias de la intrahistoria. Plaza Vieja, masa amorfa y anónima de las cuatro reglas. Lugar que enmarcaba dos centros escolares: Colegio Nacional y Colegio San Roque (con el nombre del patrón del pueblo), quedando yo escolarizado en este último, regentado por cuatro maestros preferentemente. Disponía de un patio central rodeado de árboles cuyas copas llegaban a las aulas superiores y, por lo mismo, eran manipuladas (las ramas) por los alumnos más atrevidos en busca nísperos en abundancia. Pasando ese patio partían escaleras y más abajo un patio en pendiente con porterías de baloncesto y gradas.

Era el patio del recreo, en donde los alumnos jugábamos, corríamos e intercambiábamos todo tipo de experiencias. Recuerdo a un compañero apodado «El abuelo» que, debido a una malformación congénita, aparentaba una edad muy superior a la de los demás. Muy pasivo y huraño, no mostraba interés por ningún tipo de actividad propia de la infancia. Recuerdo también a otro compañero con cierta discapacidad, alto y desgarbado, que, acuciado por las bromas, se colaba en los servicios y delante de sus compañeros se bajaba los pantalones y calzoncillos y exhibía triunfante su miembro viril frente a la expectación de los demás, como si la naturaleza, sabia en ocasiones, le hubiese compensado su déficit intelectual. Recuerdo que cuando se corría la voz de que nos visitaba el inspector, el colegio adquiría fisonomía de rectitud militar. Era entrar en las clases y automáticamente y al unísono todos los alumnos nos levantábamos en señal de respeto y obediencia. Inmediatamente. El maestro de turno le mostraba varios cuadernos de los alumnos más aventajados y adelantados y poco más.

Que yo sepa, los alumnos atrasados, con problemas de aprendizaje o «especiales» (como los citados anteriormente) contaban muy poco y despertaban poco interés para las autoridades académicas de entonces. O sea, que los alumnos que demostraban sus destrezas de cara a la inspección siempre eran los listos de la clase, mientras que «el pelotón de los torpes» quedaba sin pena ni gloria, sumido en el anonimato más evidente.

Andando el tiempo, el Colegio San Roque pasó a denominarse Colegio Libre Adoptado por disposición oficial y los alumnos éramos evaluados (examinados era la palabra, a base de exámenes) a final de curso por licenciados procedentes del instituto de Morón de la Frontera. Vinieron profesores de fuera para ejercer la docencia en los cursos superiores mientras nuestros maestros de toda la vida siguieron ejerciendo en los cursos primeros de la enseñanza. Recuerdo (recordamos todos) a dos profesoras que inauguraron ese cambio, una que cuando te cogía de los cachetes en son de riña olía toda ella a pastillas Juanola (tal era la cantidad de ellas que ingería al cabo del día) y otra que cuando perdía los nervios con la algarabía de los niños mostraba su histeria profiriendo gritos lastimeros, pobrecilla. Cuando estas señoritas se marcharon llegó un maestro que erradicó la violencia sobre los chicos y empleó mayormente el diálogo, procurando la concordia entre nosotros. Una célebre foto que ronda por Facebook muestra a los alumnos junto con el equipo de profesores sentados en las gradas del patio que cité anteriormente.

Cuando pasamos a Morón para el bachillerato reconocimos a algunos de aquellos profesores que, como he dicho antes, nos examinaban a final de curso en nuestro pueblo.

De verbenas, brujas, cementerios y otras yerbas

De vez en cuando el colegio organizaba actividades fuera del recinto escolar; extraescolares pudiéramos llamarlas, tal y como existen hoy en día. Una de ellas consistió en organizar un concurso entre alumnos imitando quizá al concurso televisivo que arrasaba por aquellos días en TVE, el célebre *Cesta y puntos.* Se organizó en la confluencia de varias calles situadas en la parte alta del Barranco del pueblo, barranco que en aquella época no gozaba de la salubridad ni higiene necesarias (según opinión de personas supuestamente informadas) como para celebrar allí cualquier evento.

Qué duda cabe que en el imaginario colectivo de nuestras mentes infantiles cobraba tenebrosa importancia la existencia ancestral de la famosa Cueva de la Coscorrona, una cueva en donde moraba una bruja (sí, como la de los cuentos) con sus maleficios incluidos. Naturalmente a ninguno de nosotros se nos ocurrió nunca acudir a ese antro, primero por la dificultad de acceder al mismo y segundo por el temor infundado por los adultos: «No vayas nunca allí»; «No se te ocurra asomarte a la cueva»; «Como yo me entere, la vamos a tener»… El caso es que el concurso se celebró; hubo reparto de premios, piscolabis y hasta una verbena amenizada por el conjunto músico-vocal (así se denominaba a los primeros grupos musicales) Los Tajara, liderados por Enrique Posaelas, más tarde profesor mío en el Conservatorio Musical de Utrera; o sea que fuimos felices y comimos perdices, como en los cuentos. Y lo más gracioso del caso: aquella verbena fue bautizada cómicamente como «la Verbena de las Ratas» por aquello del lugar donde transcurrió, aunque ni vimos ratas ni vimos bruja alguna, y menos a la Coscorrona, quizá por el famoso dicho de que: la música amansa a las fieras y aleja todos los peligros.

Los niños vivíamos a veces el miedo inculcado de lo tenebroso. Tenebrosas eran las historias que circulaban sobre fantasmas y chupasangres; estos últimos eran fruto de ciertas informaciones a veces reales, desde el momento en que se corría la voz de la desaparición de algún crío en cualquier lugar. Llegaban los chupasangres con sus guantes y sus agujas hipodérmicas y te sacaban la sangre que necesitaban —decían los mayores— para cualquier enfermo grave, de modo que eran señores pagados por personas privadas aquejados de alguna grave enfermedad, señores que una vez hecho «el trabajo» te dejaban exhausto en el lejío (ejido) hasta que te encontraban y te llevaban a tu casa a duras penas debido a la falta de fuerzas. Algo de verdad habría en estas historias, luego exageradas y magnificadas hasta la saciedad. En cambio los fantasmas eran más bien individuos que amparándose en la sábana y en la oscuridad de la noche (los fantasmas y los vampiros sabemos que salen de noche) asustaban y espantaban al personal cuando iban a robar o a echar alguna canita al aire.

Aspectos de lo siniestro acontecían cuando se propagaba la noticia —y era algo que realmente ocurría en cualquier lugar— de que en el cementerio habían desenterrado un cadáver, vaya usted a saber por qué y quién o quiénes se dedicaban a tan lúgubre tarea, algo que desataba nuestra imaginación hasta extremos fantásticos.

En nuestras caminatas por el extrarradio del pueblo nos encontrábamos con alguna que otra sorpresa, como el hallazgo fortuito del cochino muerto; y digo cochino y no cerdo porque en aquellos días no contemplábamos el sustantivo «cerdo» como actualmente se contempla. No se decía carne de cerdo, se decía carne de cochino, al menos en nuestro entorno. Lo cierto es que —acepciones lingüísticas aparte— el cochino muerto yacía en una cuneta camino del Cerro Palo en dirección al vecino pueblo de Montellano. Hecho ya cadáver, el animal mostraba su costado hinchado y orondo, razón por la cual los chavales hacíamos diana y diabluras hincándole todo tipo de objetos punzantes, recreándonos en su avanzada putrefacción. Hasta el pincho para remover la fragua de la herrería cercana sirvió para «darle la puntilla», pobrecito, cuando bien muerto estaba, despertando la crueldad atávica que llevábamos en nuestro interior.

No quedaba ahí la cosa en cuanto a cochinos, cerdos o marranos, pues yo mismo fui espectador en más de una ocasión del sacrificio ejecutado a estos animales en el cercano matadero municipal. Matarifes ataviados para la ocasión afilaban cuchillos, calentaban baldes de agua, preparaban mangueras y depósitos mientras los bichos gruñían nerviosos en sus cochineras hediondas, como presagiando la suerte a la que iban destinados. Alertados por el acontecimiento acudíamos los niños para presenciar el sangriento espectáculo visible desde la acera de enfrente. Entre varios hombres sacaban al animal aplicándole grandes cantidades de agua caliente (a este procedimiento se le llamaba «pelar el cochino» en el argot de la matanza) y al poco tiempo, hirviente ya el cuerpo destinado al sacrificio, hendían una hoja afilada y brillante en la yugular, tras lo cual aumentaban los gruñidos terribles manando la sangre a raudales, toda vez que volvían los baldes hirvientes del agua en unos ríos sanguinolentos que escurrían para el sumidero. Poco a poco, la agonía del animal se manifestaba en estertores y estiramiento de patas, así como en la disminución paulatina de los bramidos. Una vez muerto el cerdo, se procedía a abrirlo en canal y colgarlo verticalmente de los ganchos para el posterior despiece, pero eso era algo que a nosotros, necesitados de fuertes emociones que combatieran la abulia reinante, no nos interesaba en absoluto. A medida que pasaban las horas, aumentaban tanto el olor dulzón de la matanza como el número de moscardones que revoleaban al sol de la tarde.

Un rayo de luz

No quiero terminar sin referirme de nuevo y a modo de colofón al cine de mis sueños. La idea de este final ha surgido cuando vi un documental muy reciente sobre la vida y la obra de Marisol, la niña que fue prodigio y que más tarde se desdijo de todo lo que hizo, y creo que con motivos más que suficientes. En dicho documental aparecen personas —escritores, artistas, políticos…— que opinan muy acertadamente sobre la artista malagueña y el espectador se entera de que Marisol no solo fue utilizada por el franquismo sino que, a raíz de su ruptura con esa imagen de niña precoz, cambió su actitud y adquirió otra radicalmente distinta: la de mujer de izquierdas (tras su boda con Antonio Gades y su inclusión en El PCE de la Transición) con las ideas muy claras y que, sin embargo, le ocasionó bastantes problemas, al darse cuenta de que esa izquierda en ebullición le utilizó también, quedando todo en agua de borrajas con la consiguiente decepción de la artista y su consiguiente apartamiento de todo lo que fuese «actuar». «Marisol, llámame Pepa» lleva por título el documental que pone las cosas en su sitio respecto a la protagonista en cuestión.

Pero yo quiero rescatar aquí una película, la primera de Marisol, que da título a este último capítulo, *Un rayo de luz*. Vista hoy no tiene demasiado interés. Ha pasado el tiempo y se trata de una peli infantil de aquellos tiempos, nada más. Aunque no obstante, supuso una entrada de aire fresco, de alegría y alborozo en nuestras mentes infantiles, arrojando «un rayo de luz» como metáfora del mundo gris, reprimido y autoritario que empezábamos a dejar atrás. Que sí, que Pablito Calvo y Joselito ya habían alegrado nuestros corazones pero siempre dejaban al final un pozo de cierta amargura difícil de superar. Ahora no, ahora era distinto; esa niña rubia con aquellos ojos azules que inundaban la pantalla como si del mar de su Málaga natal se tratara, derrochaba toda la energía y toda la alegría que los nuevos tiempos estaban pidiendo a gritos.

Tres años después, en 1963, Marisol ponía rumbo a Río y nuestros corazones viajaban allí ilusionados y en espera de esa luz nueva que sin lugar a dudas llegaría poco a poco, pues aún «la sombra del ciprés era alargada».

Bebedizo para mejorar el mundo

Hace tiempo que en el planeta se vive mucho mejor que antes. Al menos en lo que atañe a las relaciones de pareja y convivencia. Antiguamente no era así. En el pasado llegaron a tal extremo de violencia y exterminio (sí, no exagero, exterminio), que el Estado se vio en la necesidad de tomar partido para erradicar la situación. El número de víctimas por violencia de género no paraba de aumentar y las mujeres (que eran las más desfavorecidas, naturalmente) ya no sabían qué hacer para que los representantes de la ley y el orden les protegiese. ¿Cómo cortar por lo sano tamaño desajuste? Muy sencillo: Alguien (no sabemos si hombre o mujer) ideó o descubrió un bebedizo que influía en los maltratadores hasta el punto de anular por completo las pulsiones agresivas, convirtiendo a los hombres en buenos y afables, dispuestos para la más feliz convivencia. Tal bebedizo (incoloro, inodoro e insípido, como el agua) pasaba al cuerpo del maltratador de manera inadvertida por lo que el éxito en su administración estaba garantizado. Ni que decir tiene que el citado producto era requerido únicamente por las mujeres que sufrían violencia por parte de sus maridos, ya fuese verbal, física o ambas, para lo cual eran citadas secretamente por el Departamento de Igualdad del Gobierno, y tras cumplimentar datos sobre su situación específica y realizar varias entrevistas, comprobada la veracidad de los hechos, recibían la ¡Santa Medicina!, bajo secreto secretamente llevado, ya se ha dicho. Solo varias dosis del milagroso fármaco y los señores violentos se convertían como por arte de magia en tiernos y bondadosos corderitos. Y lo más curioso del caso: ellos no se daban cuenta de nada, ni siquiera se extrañaban ante el cambio de conducta experimentado. Era como si hubiesen nacido bendecidos por el ángel del Señor.

Pasaron años y décadas varias, y hombres y mujeres convivieron espléndidamente. Desapareció el machismo de la noche a la mañana y por lo mismo, las víctimas se redujeron drásticamente. Eso sí, muy de tarde en tarde se tuvo noticia de algún que otro altercado propiciado por alguna mujer, dándose el caso puntual de algún marido no solo maltratado, sino incluso fallecido en extrañas circunstancias dada la paz reinante. A medida que transcurría el tiempo se daban más casos violentos ocasionados por esposas insatisfechas o vaya usted a saber, porque evidentemente, ellas al no ser violentadas no deberían emplear violencia alguna contra sus maridos o acompañantes. No había caso alguno constatado por el Ministerio en el que alguna dama incumpliese la trama secreta que auguraba su felicidad. Nadie va a tirar piedras en su propio tejado.

De modo que tras el incipiente incremento de la violencia femenina; tal era el grado de empoderamiento al que habían llegado las féminas, rotos ya todos los techos de cristal habidos y por haber, el Gobierno optó por utilizar el fármaco y probarlo ahora en el sexo opuesto, pues el mundo era ya gobernado por la mujer preferentemente y los hombres consecuentemente sufrían el menosprecio y el acoso de sus oponentes femeninas, debiéndose beneficiar a los maltratados varones. De manera que el procedimiento a seguir fue el mismo pero a la inversa, con lo que una vez estabilizado el proceso y utilizando con celo y profesionalidad la pócima mágica secretamente administrada según el caso, ya fuese varón o hembra, el futuro de la convivencia quedó asegurado. Es por ello por lo que ya hace tiempo que en el planeta se vive mucho mejor que antes.

La presente historia adquirirá mayor verosimilitud si tenemos en cuenta (y es algo que se ha venido diciendo desde el comienzo) que el secreto de la pócima estaba celosamente custodiado por el Gobierno, sin posibilidad alguna de delación o filtración.

Encuentro mortal

Los vibrantes anillos del reptil alarmaron al proscrito, aunque le hicieron reaccionar a destiempo. La mordedura fue exacta y precisa. El dolor unido al sueño provocó un disparo erróneo y la serpiente de cascabel salvó el pellejo, escabulléndose entre las piedras. A duras penas consiguió el proscrito avanzar unos pasos hasta divisar un rancho cercano a México. Alertada por el disparo y portando un rifle asomó la figura inequívoca de una mujer inquieta, dirigiéndose hacia el hombre sin dejar de apuntarle. Como un espejo deformante, la visión nebulosa del pistolero atisbó la silueta femenina acercándose alerta, momentos antes de desvanecerse. Las primeras sombras de la noche cayeron sobre el rancho en cuyo interior la mujer aplicaba un torniquete en la pierna del proscrito, al tiempo que le daba a beber largos tragos de *brandy*, procediendo a extraer el maldito veneno.

La suerte del tirano

El jefe era inmisericorde. Firmaba sentencias de muerte con una facilidad pasmosa. Por algo era el jefe. No le temblaba el pulso al ejecutar los más pavorosos dictámenes. Que ningún súbdito osara rogar clemencia, pedir favores y menos aún llevarle la contra. Era imposible intentar derrocar al tirano, pues toda posible conspiración quedaba abortada de inmediato. Pero quiso Dios, el destino o la suerte, que el jefe supremo, origen de todas las desdichas, se sintiese repentinamente indispuesto por cierto dolor torácico de resultas del cual cayó fulminado. A raíz de este hecho el pueblo, alborozado y alegre, se echó a la calle vociferando verdades con todo el futuro por delante.

El exilio

Cuentan y no acaban: «El viaje en barco fue terrible: 14 días de mareo constante, vómitos, náuseas… Una vez allí nos trasladaron a un colegio de refugiados que formaba parte del "exilio organizado", una especie de gueto que mantenía muy viva la idea y el espíritu de la Segunda República»… «Los descendientes de los exiliados se integran como mexicanos al país, tanto quienes llegaron jovencitos, o quienes ya nacieron en México son parte de la comunidad mexicana, aunque no dejan de recordar la historia de sus padres o de sus abuelos».

Hace más de 70 años que ocurrió todo, pero siguen recordándolo como si fuese ayer. Huían de la guerra civil y del franquismo y vinieron a desembarcar en Veracruz, siendo presidente de la República mexicana el señor Lázaro Cárdenas.

México les dio todo sin pedir nada a cambio.

En el museo de la capital mexicana hay un mensaje central firmado por exiliados españoles que dice:

Muchas gracias, México, por la bienvenida a tantas familias españolas.

Amazonas urbanas

Año 2043. Cualquier noche o madrugada de cualquier viernes, sábado, domingo o festivo, las Amazonas Urbanas debidamente cualificadas operan en torno a los locales festivos juveniles estudiando la situación: las entradas y salidas de grupúsculos de jóvenes entregados al desenfreno ocasionado por el consumo de estupefacientes y otros especímenes de nueva hornada pendientes de estudio por los laboratorios oficiales. El ambiente no puede ser más horrendo. Al ruido ensordecedor de los miles de vatios, *boom-boom*, se unen los motores y pitidos incombustibles de los vehículos noctámbulos.

Las amazonas urbanas, especialmente adiestradas para entrar en combate, se acercan al conflicto pronto a estallar y despliegan con precisión sus armas y artilugios para cortar por lo sano cualquier atisbo de maltrato. Ellos saben que las chicas se llevan la peor parte entre contendientes, por eso están allí observándolo todo hasta el momento en que salte la chispa.

La pregunta surge inquietante: ¿de dónde proceden estos cuerpos de élite y por qué motivo? Está muy claro que la convivencia había alcanzado unos niveles degradantes a la altura del año 2025. El número creciente de mujeres asesinadas por hombres y el machismo imperante no hacía más que poner el grito en el cielo pidiendo mejorar esta situación desesperada. Las leyes no solucionaban nada y las respuestas aportadas por el gobierno distaban mucho de ofrecer garantías de solución. Ello dio pie a que instituciones paralelas al gobierno se tomaran la justicia por su mano y actuasen por su cuenta, contando para ello con grupos paramilitares formados sola y exclusivamente por mujeres voluntarias y bautizadas para la misión como amazonas, denominación esta brindada por el Colectivo Feminista de Erradicación del Machismo (siglas: CFEM). De manera que debidamente preparadas actuaban sin miramientos cortando de raíz toda actitud violenta propiciada por hombres. A esta situación extrema se ha llegado porque, a la altura del año que encabeza este relato, el número de mujeres jóvenes está descendiendo notablemente tanto en nuestro país como en el resto de «países civilizados», hasta el punto de que no es impensable (si no se pone remedio) la inexorable extinción de la humanidad sobre la Tierra, dado que la mayoría de las fallecidas por maltrato se encuentran en edades fértiles o en edad de procrear.

Las actuaciones liberadoras de las amazonas urbanas no se limitarán ya a las zonas de movida juvenil sino que se ampliarán a cualquier entorno o circunstancia que necesite su actuación momentánea y eficaz. Toda mujer que denuncie a su agresor (y ya no hay ninguna que no lo haga) está poniendo en evidencia la petición de ayuda por parte de la organización. No hay más dilación ni vuelta atrás. La opinión pública podrá catalogar a estas bandas autosuficientes como comandos terroristas o parafascistas, y es cierto que hay matices similares en su despliegue de parafernalia o pirotecnia violenta, mas ¿qué actitud tomar cuando la benévola postura gubernamental no aporta solución alguna al conflicto extremo? Curioso es constatar la disminución, aunque incipiente, de mortalidad femenina y de abusos contra la mujer desde la puesta en funcionamiento de las guerrillas urbanas conocidas universalmente (ya digo que su puesta en práctica se extiende a todo el mundo occidental) como amazonas, homenajeando a aquellas heroínas clásicas de la leyenda mitológica, extensible además a la cuenca del Amazonas.

Cosas que pasan ahora (1)

Ahora, cuando todos somos iguales (ante la ley y ante Dios) si no se demuestra lo contrario, suceden cosas impensables respecto a las cosas que pasaban cuando no éramos iguales.

El médico está pasando consulta en el centro de salud. La cola de pacientes para atención primaria es más que suficiente para alterar el ánimo de cualquiera que lleve esperando lo que puede denominarse tiempo de espera prudencial. Eso sí, la mayoría tiene su cita, aunque algunos acuden a ver si el médico los puede ver con mayor o menor urgencia. Otros necesitan algún documento, a ver si el administrativo (solo hay uno) se lo procura.

La mañana va transcurriendo con normalidad hasta que en un momento determinado salta la chispa. Desde dentro de la consulta se oyen voces airadas y reproches que llegan a oídos de los pacientes del exterior. Llega un momento en que la agresividad encontrada entre médico y enfermo alcanza límites supremos. Se oye estrépito de chismes rotos y chirriar de muebles o camillas. De pronto se abre la puerta de la consulta y aparecen enzarzados los contendientes blandiendo los puños a diestro y siniestro. Nadie sabe bien a qué es debido ese combate, esa pugna feroz entre contendientes. Si uno ataca, el otro se defiende y contraataca. Entre el estrépito de voces y palabras malsonantes cogidas al vuelo merecen citarse las siguientes: gilipollas, estúpido, cabrón… y así.

También expresiones tales como: que te crees tú eso; que me olvides; eso no te lo crees tú ni muerto; a que te tragas lo que estás diciendo; me cago en to tus muertos…

149

El incidente fue sofocado por la policía local previo aviso del administrativo. Tanto el facultativo como el paciente fueron atendidos de heridas leves, mayormente chichones y hematomas y eso sí, el provocador, o sea, el paciente, fue apercibido y citado por la autoridad competente para rendir cuentas de su deplorable actitud.

Se pueden pedir explicaciones, mostrarse en desacuerdo, se puede protestar, se puede exigir, incluso denunciar (este establecimiento tiene hojas de reclamaciones…), pero lo que no se puede es perder los estribos hasta el punto de agredir verbal o físicamente a un profesional en el ejercicio de sus funciones.

Cosas que pasan ahora (2)

La maestra llega al cole dispuesta a enfocar el día como de costumbre, según dictan horario y programaciones. Las rutinas escolares se suceden sin interrupción salvo algún acontecimiento puntual recogido de antemano en el consejo escolar municipal. Mas hoy, la rutina diaria se verá alterada por un hecho fortuito acontecido en los aparcamientos del centro. Al tiempo que la maestra aparca y se apea del coche, es abordada por una madre que, zarandeándola y lanzándole todo tipo de improperios, la tira al suelo agarrándola del pelo y arrastrándola con fuerza.

—¿Qué pasa ahora…? A ti te voy a moñear yo igual que haces con mi hija.

—Señora, esto no son formas de tratar… Hablando se entiende la gente…

—No, hija, no. Usted debe tratar a los alumnos con educación y sin que se le vaya la manita, porque si no a mí también se me va la manita… ¿Te estás enterando, hija de puta?

El incidente fue contemplado por padres, madres y alumnos que acudían a clase, y después de que el equipo directivo del centro mediase entre las dos mujeres, se procedió a levantar acta del incidente.

Son cosas que pasan ahora, cuando los cambios sociales y la evolución (¿involución?) de los tiempos han propiciado lamentablemente casos como el presente.

Cosas que pasan ahora (3)

—Oye, maricón, entérate bien con las orejas. Este es un garito de machos, así que… puerta.

—(………………………………………………).

—¿Te vas o no te vas? Vete a mamarla al parque y déjanos a los tíos con nuestro rollo, hostias.

—(………………………………………………).

—Encima *callao,* como las putas. Anda y vete de una vez; y si no lo haces, te hostiamos, vaya.

—(………………………………………………).

Que sí se va, pero que no se va. De pronto se lía la que se lía y se monta el pollo. Los machitos de turno agarran al silencioso indefenso y le propinan una buena tunda de palos y patadas hasta dejarlo inconsciente y malherido en la calle, a las mismas puertas de la disco.

Pasa el tiempo y no tarda en personarse un coche patrulla que asiste a la víctima, llama a los sanitarios e indaga entre la multitud fiestera para exigir responsabilidades.

Una noche más: agresores, agredidos, sanitarios, policías… El cuento de nunca acabar.

A su vez, desde cualquier vivienda aledaña, un vecino proclama a los cuatro vientos: ¡Estoy hasta los huevos de tanta musicanga… a ver si os enteráis de una vez, hijos de puta…! ¡Que no puedo dormir y son las tres de la *madrugáááá!*

Cosas que pasan ahora (4)

El equipo funciona, no hay más que verlo. Qué manera de compenetrarse, qué forma de pasar la pelota. No destaca ningún chaval en especial. El equipo es eso, equipo. Todos a una. Un engranaje preciso en donde cada pieza cumple su función. Los técnicos deportivos se muestran más que satisfechos con el auge alcanzado en los últimos entrenamientos. Todo perfecto o casi... porque para que algo desentone, para que algo no colme las totales expectativas, surge un problema ajeno al desenvolvimiento general de entrenamientos y competiciones que va a poner el dedo en la llaga levantando una polvareda, un cúmulo de habladurías que desencadenará la expulsión del brillante entrenador.

Un chaval está triste, otro no lo está menos. Algunos prefieren callar antes que delatar, aunque al final la noticia se desparrama por graderíos y vestuarios llegando a oídos de instancias superiores. Sí, ante la insistente comprobación y veracidad de los hechos, se ha hecho pública la versión oficial: algunos miembros del equipo deportivo han sufrido acoso sexual por parte del entrenador local en base a tocamientos y demás actos no consentidos, por lo que el caso se pone en manos de la autoridad competente.

Meses después, el equipo está dispuesto a comenzar la nueva temporada. La ilusión colma las aspiraciones de los chavales, aunque algunos de ellos aún están bajo tratamiento psicológico.

Cosas que pasan ahora (5)

Elena es una adolescente como todas, como muchas, como la mayoría, o sea, adolescente; con todo lo que conlleva ese período existencial compuesto de altibajos de carácter, de torbellinos alegres, de baches depresivos, subidas y caídas sucesivas de tono existencial. La vida y nada más.

Elena vive en un mundo (su mundo) que cada vez es más cambiante, raudo y veloz que una golondrina zarandeada por todos los vientos posibles. De modo que participa del maremágnum actual a través de una variopinta red de redes que conocemos todos porque están omnipresentes en nuestras vidas, hasta el punto de que somos gobernados por ella.

Elena sabe lo que se juega, o no. Eso no lo sabemos, porque de estos laberintos nunca se sabe lo suficiente hasta que pegamos el patinazo. Lo cierto es que Elena ha caído en la red cual insecto en la tela de una araña. Una araña omnívora que no tiene compasión. En este caso la araña es una foto (pueden ser varias) que circula de móvil en móvil por el planeta Tierra. Una foto que la compromete porque la muestra (aquí se pueden acumular multitud de atuendos, poses, disfraces, actitudes…) precisamente tal y como ella NO ES; y precisamente por eso, porque ella es lo contrario de la realidad virtual, es por lo que a Elena se le descompone el cuerpo de tal manera que se le echa encima toda la sociedad que pone en cuestión esa actuación de… payasa de circo según algunos.

Además de la turbulencia adolescente, el problema añadido de la venenosa araña actual que fagocita todo lo que cae en sus manos. Qué mente soportará ahora la negatividad de este asunto. De cara a sus compañeros (tan culpables y a la vez tan inocentes), a su familia, a sus vecinos...

¿Cómo levantar la cabeza y sonreír a pleno sol si por caprichos irreversibles de las nuevas tecnologías hemos metido la pata?

Cosas que pasan ahora (6)

La iglesia está cerrada a cal y canto. El cura no aparece. ¿Qué pasará? Los feligreses se extrañan, deambulan arriba y abajo a pasitos cortos, miran el reloj y otean el cielo a falta de otra cosa.

Pasados veinte minutos del horario de misa habitual aparece el coche de don Luis como una exhalación y se detiene en la plaza, frente a la iglesia. Aparca y baja del coche, se le nota nervioso y seguramente va a dar la misa de mala gana. Los congregantes le dejan paso y seguidamente entran en el templo detrás de él.

Días después, don Luis, el cura, se encuentra en su despacho anexo a la iglesia consultando unos papeles y estando en ello suena el teléfono:

—Buenas tardes, padre. ¿Le molesta la hora de consulta?

—No, para nada… ¿Por?

—Usted me entiende. Tratándose de un asunto tan espinoso, en el que supuestamente está involucrado, lo ideal es que esté solo y relajado, sin testigos de vista.

—¿Me está diciendo que hay novedades sobre el tema?

—Bueno, la cosa es que el asunto ha llegado a oídos del obispo y no admite demora. Así pues, le ruego se persone en el palacio arzobispal lo antes posible. Por supuesto en horario de mañana.

Y en horario de mañana se personó don Luis para entrevistarse con su superior o superiores para desentrañar las habladurías lanzadas sobre sus actividades más o menos pastorales. Se habló durante un rato, se mostraron puntos de vista encontrados, se oían, a través de las paredes, réplicas y contrarréplicas altisonantes que dejaban entender que el ambiente era bastante enrarecido. Una vez hecho el silencio y calmados los ánimos, al menos aparentemente, se vio salir al cura raudo y veloz, coger el coche y salir de allí pitando.

No se sabe nada del asunto. Lo único que ha trascendido a los medios es la recomendación piadosa por parte del estamento eclesial de respetar la conciencia de cada cual porque no es labor espiritual sacar a la luz aspectos personales que pertenecen a lo más íntimo, ya digo, de la conciencia humana. Y si en el fondo hubiese algún atisbo de veracidad en las calumnias manifestadas, en soledad llevará su penitencia.

Cosas que pasan ahora (7)

Ana es una señora viuda que reside sola en el barrio X de una ciudad de provincias. Tuvo tres hijos: Rosa, ama de casa y casada; Roque, mecánico de coches y Fernando, auxiliar de farmacia, ambos también casados y con hijos. La viuda vive sola (ya se ha dicho). Sus tres hijos viven en otros barrios de la ciudad. Rosa es la que vive más cerca de su madre y por lo tanto la que más la visita (no sabemos si su condición de hija tiene que ver en esta mayor disposición doméstica o no).

Naturalmente, y más en estos tiempos, Ana dispone de servicio concedido por la Ley de la Dependencia por lo que diariamente recibe las atenciones de una trabajadora que le ayuda en los menesteres domésticos. Sin embargo, Ana no es feliz. Le falta lo que podríamos llamar calor de hogar. Al margen de que se sea más o menos exigente, una persona mayor necesita el cariño, la cercanía y el afecto de los suyos, y resulta que los suyos (algo que se repite en el 80% o más de los casos similares) no tienen tiempo como para desvivirse por la anciana. Que sí, que de vez en cuando le dan vueltas, sobre todo Rosa (ya se ha dicho) y sobre todo los fines de semana, tiene su lógica, pero según Ana no es suficiente para ella. Ella necesita más. Más visitas, más besos, más atenciones por parte de sus hijos. Y sus hijos a veces chocan entre ellos:

—Yo es que termino muy tarde en el taller, y luego coge usted el coche y te vienes aquí a escuchar penas —dice Roque.

—Pues yo cuando salgo harto de vender recetitas me espe-ran mi mujer o mis hijos para recaditos o chapuzas, así que…
—prosigue Fernando.

—Vale, vale, hermanitos, no pongáis tantas excusas que aquí está vuestra hermana para quitarle golpes a todos, y yo también tengo familia y cosas que hacer, pero como soy la niña, pues la niña *p'acá* y la niña *p'allá,* dando más vueltas que una *reolina.*

El cuento de nunca acabar. Así ha sido siempre pero ahora más, porque ahora todo el mundo tiene mucho que hacer y mucho que emplear su tiempo libre. Nadie quiere sacrificios y si hay que tenerlos habrá que tener una compensación de algún tipo, preferentemente económica; ya sea percibiendo dinero cada cierto tiempo de custodia, o bien al final cuando se reparta la herencia, si bien en este último caso habrá que dejar constancia por escrito o mejor por testamento oficialmente reconocido. Así las cosas, la viuda seguirá recibiendo atenciones (oficiales y paga-das) por parte de la asistenta social, mientras sus hijos procederán con cuentagotas a las visitas y atenciones que cada cual desde su conciencia y honor les permita su punto de vista.

C'est la vie!

Cosas que pasan ahora (8)

¿Qué le ocurre a Juan cuando tropieza con la burocracia? Pues que no se explica el porqué de las irregularidades y errores con los que se encuentra. A saber:

Juan ha heredado una vivienda al fallecer su madre. Después de arreglar todo el papeleo que conlleva este proceso y de pagar en notaría los gastos típicos del caso, aparecen, ya digo, una serie de incoherencias y fallos burocráticos que le hacen pensar en lo que criticaba nuestro insigne Mariano José de Larra cuando decía aquello de:Vuelva usted mañana, como resumen de la insolvente justicia burocrática española.

Ahora no se trata solo de que te hagan volver otro día porque no está la documentación en regla, no, ahora es que además está equivocada sin saber nadie por qué.Vamos a ver, resulta que según el tasador del inmueble heredado, se está pagando más IBI de la cuenta porque la aplicación del porcentaje es errónea, debido a que la parte de garaje la han considerado como vivienda, y según ley debe llevar un porcentaje inferior. Respecto a esto, Juan ha puesto una reclamación para subsanar en la medida de lo posible este error. Pero no acaban ahí las incoherencias; resulta que cuando llega la hora de que Juan reciba el impuesto de plusvalía del inmueble ya de su propiedad (así reconocida en el testamento y demás) se dará cuenta de que además de ser una sustanciosa cantidad, está equivocada porque: 1º) El recibo viene a nombre de la madre de Juan, 2º) El concepto de plusvalía viene dado por una compraventa entre Juan y su madre. Resulta que cuando Juan pide explicaciones a la administración del tema, el funcionario u oficinista de turno no sabe que su madre ha fallecido, y tampoco sabe que no ha sido compraventa sino herencia por fallecimiento, una cosa lleva a la otra, o sea que a Juan no le dan o no le saben dar explicación de dónde y por qué vienen esos fallos.

Juan pone una segunda reclamación y no deja de pensar en lo insolvente de la administración del Estado para los menesteres que se trae entre manos. Y cuando pregunta que cuándo estarán previstos los informes corregidos no le dicen que vuelva mañana, le dicen: Váyase usted tranquilo que ya recibirá un correo o una citación por SMS informándole del caso. Juan, cabizbajo, enfila el pasillo hasta la salida mientras va pensando en que por muchos empleados provistos de eficientes ordenadores que haya en la administración, todo seguirá igual.

Cosas que pasan ahora (9)

En una misma semana dos eventos: una comunión (la de su nieta mayor) y un cumpleaños (el de su nieta menor). Dos acontecimientos que a Juan Fernández se le antojan alienantes y ajenos a su forma de pensar. Quién le iba a decir a él que un socialista de vieja escuela debe participar y colaborar en estos menesteres; pero los tiempos cambian y hay que adaptarse a ellos por el bien de todos y de la estabilidad familiar, qué duda cabe. Que haga su papel de *pater family* con discreción y decoro y todo irá a pedir de boca.

La primera comunión se celebra como todas, con esplendor a todos los niveles que las familias suelen desarrollar en los tiempos que corren, sin que falte un detalle. Las ceremonias están a la orden del día, aunque quizás no sea la Iglesia la que «eche las patitas por alto» respecto a tiempos pasados. La novedad viene con el banquete, eso que se le ha dado en llamar «pequeña boda»; al menos Juan Fernández, el abuelo de la criatura, le llama así, porque hoy —dice— «los cumpleaños se celebran como comuniones y estas como las bodas, un derroche, vamos». ¡Ay! Juan Fernández, a la altura de tus casi setenta primaveras y convencido de tu socialismo utópico: ¿Cómo entender y asimilar esta sociedad tan burguesa?

El abuelo come y calla y piensa para sus adentros: «Que salga el sol por Antequera y que más adelante habrá más». Los regalos que recibe la niña no se quedan detrás acorde con el resto de la función, aunque eso sí, que quede muy claro: «Mi nieta —dice

Juan a boca llena para que lo recoja todo el mundo— no hace la comunión por los regalos materiales que va a recibir, no, mi nieta recibe su Primera Comunión (con mayúscula, sí señor) plenamente convencida de su fe cristiana». ¡Ay abuelo!, cómo te cambias la camisa; ahora no eres anticlerical, ahora aceptas el rito apostólico-romano, que sea para bien.

Cuatro días después llega el cumpleaños. Nuevamente se prepara todo para que no falte un detalle incluido el castillo hinchable y las animadoras de la fiesta. Los invitados van llegando sobre la hora señalada ofreciendo sus regalos a la protagonista de la función, quedando el abuelo estupefacto y asombrado ante la abrumadora cantidad de obsequios recibidos: «Madre mía, ¿qué va a dejar esta niña para cuando llegue Navidad? Estamos locos».

Se canta el cumpleaños feliz, se soplan las velas (cinco en esta ocasión), se parte y reparte la tarta, los batidos, los sándwiches, las galletas saladas… Ni más ni menos. Cosas que pasan ahora.

Cosas que pasan ahora (10)

En una entrega anterior de esta sección, concretamente en el número 8, exponía yo las vicisitudes que le ocurrían a Juan al enfrentarse a la burocracia de este país; pero no queda la cosa ahí puesto que de nuevo viene Juan a mi casa y me cuenta más de lo mismo, o sea, más ineptitudes y tropelías con las que se ha encontrado (por no decir enfrentado) al solicitar cita con la notaria que lleva los asuntos de su herencia. La cita se la dan pronto, dentro de una semana, bueno, sin problemas, pero la notaria se ha de desplazar del pueblo vecino para atenderle el día de la cita. ¿En qué lugar del pueblo será atendido Juan? He aquí el problema. Resulta que las supuestas autoridades locales no saben a ciencia cierta el edificio, departamento o habitación en donde la experta en derecho va a atender a las personas citadas ese día. Suponen un lugar pero no lo garantizan con seguridad: ¿ayuntamiento?, ¿casa de la cultura?, ¿salón de usos múltiples?, ¿edificio polivalente?

Media hora antes de la cita me dirijo a todos y cada uno de estos lugares. Principios de septiembre. En un sitio no hay nadie. Las oficinas o departamentos están abiertos, las mesas atiborradas de papeles, los portátiles encendidos pero ni un alma. ¿Es correcto que todos los empleados dejen vacío su puesto de trabajo porque se han ido a desayunar (con todo el tiempo del mundo, eso sí) sin prisas claro, porque nadie les necesita? En otro lugar el informante no sabe, no contesta. Me sugieren que vaya al último edificio

citado, que casi seguro que es allí!!!!! Al fin, faltando diez minutos para la entrevista, me encuentro a un policía local que está
dispuesto a ayudarme. Después de llamar al pueblo desde donde
se encamina la notaria, me dice que vaya corriendo al edificio
polivalente que en breves minutos se personará para atenderme.
Y... efectivamente así sucede. Llega la buena mujer cargada de
carpetas, resollando y bufando agobios, recién llegadita de sus
playas de agosto y eso sí, me atiende afable y dispuesta.

—¿Es posible que suceda esto en mi pueblo de mi alma?
—se lamenta Juan.

—Pues sí, querido amigo, así es. Estamos con resaca veraniega,
aunque ya no es agosto y a más de uno se le pare el reloj.

Cosas que pasan ahora (11)

El local se encuentra en el distrito centro. Una señora y su acompañante llegan a la clínica: un apartamento como otro cualquiera acondicionado para «tratamientos estéticos de belleza». Todo son parabienes y confianzas previas a la intervención. En unos minutos se procederá a la aplicación para reducción de grasa corporal. Son muchas las personas que se someten a estos tratamientos para mejorar su figura, preferentemente mujeres, como es el caso. Aparentemente todo ha ido a pedir de boca. La persona reposa junto a su acompañamiento después de la intervención para recuperarse un poco del proceso. Ha sido poca cosa, solo unas inyecciones y poco más. Un gasto y unas molestias para lucir un cuerpo si no de 10, al menos de 7. Pasa el tiempo y comienzan los problemas. La señora se siente indispuesta y los responsables intentan tranquilizarla; no obstante, la indisposición va a más a medida que el reloj avanza, de manera que la paciente tiene que ser evacuada a un centro sanitario.

Al día siguiente, los informativos arrojaban la siguiente noticia:

En el distrito centro, agentes de la Policía Nacional detuvieron a un matrimonio que actuaba en una clínica clandestina provocando, a través de unas inyecciones quemagrasas, que una paciente quedase en coma. Según investigaciones, estos «falsos doctores» utilizan sustancias y productos adquiridos en el mercado negro, careciendo de protocolos higiénicos o sanitarios.

Cosas que pasan ahora (12)

Hay quien piensa que si se lleva una vida sana en todos los aspectos morirá más tarde que quien no eche cuenta de ello. Eso es pensar con la cabeza y tener sentido común, y eso le ocurre a Juan Fernández, que lleva desde que se jubiló procurando morir de centenario para arriba. Practica natación y gimnasio día sí día no, se hace sus buenos kilómetros saliendo al campo en bici o a pie. Le ha dado por no probar la carne desde que oyó la nefasta palabra «listeriosis». El pescado sin mercurio, oiga, no vaya a ser que… Mucha verdura y mucha fruta porque lo dicen en la radio y en la tele. Sus pulmones llevan libres de humo desde que apagó la última colilla a primeros de enero de mil novecientos setenta y tantos (no recuerda bien) por el propósito de enmienda. El alcohol ni olerlo aunque para ello se haga pinzas en la nariz con el pulgar y el índice y se eche al coleto un buche diario, oiga, que una copita (solo una) no le hace mal a nadie —dice—, pero no sabe o no quiere saber que eso era de aquí para atrás, porque desde ahora hasta esa copita de tinto (la buena prensa de la paradoja francesa) es mala para la salud, oiga. Que lo dicen los médicos, porque esa es otra, el amigo Juan Fernández tiene obsesión por los médicos; cuando acude a la consulta le dice al facultativo que tal medicamento produce tales efectos secundarios y tal y tal, que él lo ha leído en internet y está bien informado, a lo que el médico, perplejo, le contesta:

—Vamos a ver, Juan, ¿tú vas a hacer lo que yo te diga o lo que dice el internet?

Y Juan prosigue:

—Es que he visto unos vídeos en donde promocionan un producto, que no te venden en farmacias, para la próstata que reduce las idas y venidas nocturnas al baño, y tiene un precio más que aceptable, oiga.

—Ya estamos otra vez —prosigue el médico—. Juan, hijo, no sé cómo convencerte de que esos productos supuestamente milagrosos no sirven más que para sacarte el dinero. No te curan, solo te roban. Hazme caso, Juan.

Y Juan, cabizbajo, sale de la consulta con sus recetas de siempre (que sí las aceptan en las farmacias) dándole vueltas y más vueltas a la olla. Y mañana será otro día con más de lo mismo: gimnasio o piscina, verduras, pescado y frutita. De dulces nada, oiga, que la diabetes está a la vuelta de la esquina. ¿Seré o no seré diabético? Y en ese momento se le ocurre que sería conveniente hacerse un análisis de sangre para despejar esa incógnita.

Cosas que pasan ahora (13)

Juan Fernández se halla muy sensibilizado y al día en cuestiones de salud y sobrevivencia para vivir con los menos achaques posibles de cara a una senectud duradera. Lo hemos visto en la entrega anterior (capítulo 12), sin embargo, el tema del feminismo y sus consecuencias no lo tiene muy claro, y eso que no se considera machista, al menos lo que podemos entender como machista clásico. A ver, nuestro amigo siempre se consideró antifranquista y demócrata de toda la vida. No militó en ningún partido aunque su ideología fue siempre progresista en el sentido de las libertades y derechos de los pueblos. No encajaría en una mentalidad anárquica o de extrema izquierda, pues sufrió en sus carnes las contradicciones de esa lucha de clases que al final se quedó en agua de borrajas, pero a lo que vamos; Juan Fernández (políticas aparte) no acepta algunos extremos a los que está llegando ese feminismo exacerbado y a veces violento que se está instaurando (o lo pretende) en la sociedad española. Hay, eso sí, un capítulo muy espinoso, delicado y difícil de tratar (puesto que no tiene visos de solución) que es el de la violencia machista que desemboca en mujeres fallecidas, cada vez más a pesar de la mayor concienciación, de la creación de un ministerio específico dedicado al problema, de las unánimes repulsas y condenas en público, de las masivas manifestaciones. Ante esto, Juan Fernández se encoge de hombros preguntándose: ¿Quién tiene la culpa de lo que está pasando? ¿Cómo enfocar la posible solución de este problema? No es fácil abordar este problema, eso es indudable, al menos para llegar a un acuerdo. Ni Juan tiene la respuesta ni nosotros tampoco. Indaguemos sobre lo que Juan piensa sobre el derrotero tomado por la mujer hoy en día. Ahí van varios ejemplos:

Que una mujer siga la carrera militar es algo que no admiten las meninges de nuestro amigo. Si en sus tiempos le hubiesen permitido la objeción de conciencia se hubiera adherido a ese derecho. ¿Hasta qué punto una mujer que da la luz y la vida por obra de la naturaleza puede empuñar un arma para quitarla?

Que una mujer rechace tareas que tradicionalmente hacía y se apunte como norma al carro de la «modernidad» imitando al hombre en todas sus actuaciones, incluyendo hábitos tóxicos (alcohol y tabaco) tampoco es algo que Juan considere como progreso. En todo caso, puede interpretarse como falsa modernidad o feminismo equivocado.

A Juan le molesta cantidad el famoso eslogan publicitario: «porque yo lo valgo», en el sentido —que él interpreta a su manera— de que cualquier mujer, por el mero hecho de serlo, se hace merecedora de todas las atenciones habidas y por haber; pero… ¿es que los hombres no valemos lo nuestro?, y sin embargo no exigimos cada dos por tres que nos valoren. No entiende o no quiere entender que el sometimiento histórico de la mujer al varón se salda ahora con una sobrevaloración de la femineidad, sea cual sea el nivel de realidad de su estatus.

En fin, que metidos en camisa de once varas no es fácil dar recetas que vislumbren una posible solución a tan tremendo galimatías. Y lo que es peor, mientras más recursos económicos y dotaciones de personal e infraestructuras, más aumenta el número de víctimas, lo que reduce cualquier atisbo de solución ni a medio ni a corto plazo. No, no se ve la luz al final del túnel, piensa Juan.

Cosas que pasan ahora (14)

Decidido. Juan Fernández podría aplicarse a sí mismo el dicho que dicen que dijo Jesús de Nazaret: «Mi reino no es de este mundo». Una sociedad basada en vivir la vida a tope, porque eso es lo que nos vamos a llevar (como dicen muchos) está abocada a la destrucción. No puedo estar en el mundo —piensa Juan— solo para ser feliz; de acuerdo en que el ser humano persigue la felicidad como meta, pero es de locos plantearse la vida dando de lado a los problemas sin coger el toro por los cuernos. El vértigo, la prisa, el irse de viaje sí o sí, el consumismo atroz, el borreguismo a ultranza. Todo esto pone a Juan de los nervios, je, je. Con lo bien que se vive con calma, saboreando y paladeando la vida, sorteando como Dios manda los sinsabores que se nos puedan presentar y valorando en su justa medida las cosas. *Pos* nada de eso, ni hablar. ¿Dónde va Vicente? Donde va la gente.

A Juan le molesta la típica imagen que ofrecen los telediarios cuando llega un puente o al inicio y vuelta de las vacaciones de verano o Navidad. Esas caravanas de coches unos detrás de otros con el propósito de cambiar de aires porque se ahogan en sus ciudades de origen y cuando llegan a sus ansiados destinos, dispuestos a «descansar y disfrutar de lo lindo» (ya será menos), se encuentran con una realidad que no es la que pretendían encontrar porque ya nada es lo mismo. «Vacaciones las de antes» —comentan muchos—. Y es que todos se estorban o se molestan cuando buscan esa parcela de confort que la masificación les impide encontrar. Masificación en la playa (orilla incluida), masificación en los restaurantes porque todo el mundo quiere comer en el mismo margen horario, masificación en los transportes…

Juan es un antiguo, eso ya lo sabemos. Su paseo mañanero, su sillón, su tele y sus comidas a su hora. Sanseacabó, no le pidamos más. Su vida entre cuatro paredes porque ya está todo visto —dice— y lo demás es farfolla. Lo dicho: Su reino no es de este mundo. —Juan, «levántate y anda» —le dicen sus conocidos para que combata el sedentarismo—, y él replica con cachondeo: No digáis más tonterías que eso no viene al caso, eso corresponde a la historia de Lázaro de Betania, el hermano de Marta y María, demostrando así lo versado que está en el Nuevo Testamento.

Cosas que pasan ahora (15)

Nadie se quiere morir que yo sepa, piensa Juan como cualquier cristiano. Y la publicidad nos bombardea constantemente con prolongar la vida hasta límites insospechados. Del culto al cuerpo hemos pasado al culto a la inmortalidad. Hasta existen investigaciones en curso, promovidas por millonarios para financiar ese sueño imposible o casi. Para ello se dispone de establecimientos o instalaciones en lugares paradisíacos con aires de ciencia ficción y aparatos lo suficientemente higienizados para suponer una esterilización al por mayor y demás categorías supuestamente desconocidas por la mayoría de los mortales, que somos todos o casi. Algo concerniente solo a genios y/o dirigentes mundiales con amplios recursos y poderes como ya se ha dicho. Sin embargo, no hay que llegar tan lejos ni suponer tan altas especializaciones; solo hace falta dejarse guiar por el sinfín de ofertas que ofrece el mercado actual para no llegar nunca a la edad provecta, o al menos retardarla lo más posible.

A Juan Fernández le llegan folletos informativos de todos los tamaños y colores, tanto en papel como en pantalla, preferentemente en esta última: cremas revitalizadoras y antiedad, cirugías estéticas, baños termales y prácticas *fitness* variadas, así como todo tipo de productos dudosamente milagrosos que encontraremos en redes sociales. Todo este arsenal de remedios conllevaría un rejuvenecimiento a medio y largo plazo en donde las personas ingresarían en una especie de paraíso vital asegurando el pasaporte del bienestar futuro. Sin arrugas, sin enfermedades ni achaques, con las capacidades reservadas para una juventud eterna. ¡Qué más se puede pedir! No hay peor destino que ingresar en la vejez, y Juan, incrédulo ante tanta promesa de supervivencia, no hace más que mostrarse dudoso porque no cree en esta *fantaciencia* de pacotilla creada, según dice, para sacar dinero y engañar encima al público. No parece sino que nuestro eterno jubilado desconoce que el horizonte vital se sitúa hoy en día muy por encima del que estaba en el pasado. La tercera edad goza de inusitada revitalización ocasionada por los avances sociales y sanitarios de un mundo nuevo.

—Y dale —dice Juan en voz alta ante su grupo de amigos—. Ya me vais a recomendar que hay que copiar a esa gente que vive en esas zonas azules del planeta, en donde comiendo ciertos pescados y hortalizas se llega a los ciento y pico de años de vida, ¿verdad? *Pos* venga, vamos a fletar un barco o un avión y nos trasladamos todos allí, porque no sé si sabréis que aquí, los españolitos no gozamos de esos manjares tan apetitosos o, mejor dicho, tan sanos. Y el corro de jubilados, ante la cabezonería del incomprendido Juan, se da la vuelta y hace mutis por el foro.

Cosas que pasan ahora (16)

Juan Fernández es un caso. Sería feliz con muy poca cosa. Lo justo y necesario. Juan Fernández, cuando pasa la festividad de los Santos y Difuntos (festividad fúnebre por más señas), se echa a temblar ante el inicio de los augurios navideños y el temible último mes del año. La antesala se produce con el cada vez más publicitado Black Friday (un anglicismo que Juan odia por la innecesaria aclimatación que ha tenido en España, lo mismo ocurre con Halloween) consolidado como engañabobos y supergastoso. La tele se encarga de recordarnos esa fecha para que no olvidemos la visita a las tiendas de modas. La publicidad no engaña. Descaradamente te pone en camino para que gastes dinero, y preferentemente en cosas que no necesitas.

—Que te lo digo yo —dice Juan—. Que estamos en manos del derroche más atroz de nuestra aburguesada vida. Que la mayoría de los españolitos no podemos permitirnos estos gastos tontos e innecesarios promovidos por el capitalismo más alienante. Así piensan también sus amigos, todos jubilados y todos añorantes de un pasado no demasiado lejano cuando los gastos eran justos y cabales.

Pasada la Inmaculada (8 de diciembre) se produce la progresiva entronización del mercado pronavideño hasta que se oyen los recitativos de los niños cantores del Colegio de San Ildefonso (lotería del Gordo de toda la vida), considerados desde siempre como la entrada del período navideño. Pues bien, para esa fecha —piensa Juan y lo pregona a los cuatro vientos— ya está la gente saturada de consumos navideños propiciados fundamentalmente por los grandes centros comerciales. Mantecados, bombones, adornos varios, compras de última hora… y no digamos los más pequeños de la casa. Papá Noel ha llegado a los lugares de ocio, a los centros educativos, a las residencias de mayores, colándose por todas las chimeneas posibles portando su gran saca de regalos, con lo cual la Nochebuena está asegurada; y seguramente los Magos de Oriente (que se supone que aterrizan la noche del 5 de enero) escenifican su espectáculo paralelamente al tempranero Santa Claus, produciéndose así un tremendo lío temporal en las mentes de los que entendían la Navidad al modo clásico, o sea el personal que ya peina canas como Juan Fernández, quien añade al número de derroches enumerados, las innumerables comidas y cenas (de empresas, de corporaciones, de clubs, de amigos…) que anteceden al 24 de diciembre. Más aún, cuentan que un niño en un colegio ante las celebraciones de sus Majestades de Oriente, se negó a subir al escenario y recibir su regalo en mano. El motivo no era otro que su negativa a reconocer que aquellos supuestos magos eran verdaderos. Hubo que recoger al crío del escenario porque gritaba desesperado: «¡Estos reyes son falsos, estos reyes son falsoooos, los verdaderos no han llegadooo!».

—Y si para cuando pasen las fiestas no tienes para las rebajas, le echamos la culpa al Gobierno —remata Juan la faena.

Cosas que pasan ahora (17)

La orden fue categórica: «A partir de hoy se le prohíbe a usted pisar este local, debido a sus malos hábitos y a sus posibles inclinaciones. Ya sabe usted a lo que me refiero, ya lo hemos discutido. No se hable más del tema».

Juan Fernández, ciudadano que ya se acercaba a los 70 almanaques con sus hojas correspondientes, se había apuntado a un gimnasio con el fin de agilizar su cuerpo todo lo posible ante el deterioro lógico de la edad. Lo cierto es que después de varios meses de práctica ya iba notando el beneficio de tal decisión. Aquel gimnasio, como casi todos, era frecuentado por personas de todas las edades, aunque abundaban preferentemente las más jóvenes, incluyendo en estas a un porcentaje alto de chicas jovencísimas y mujeres treintañeras o cuarentonas todo lo más. El caso es que Juan Fernández, debido a ciertas actuaciones propiciadas sin intención alguna, hizo mella en este último grupo sin proponérselo, ya digo, o al menos eso decía él, atribuyendo el malestar reinante a ciertos descuidos que en adelante procuraría poner remedio. No le sirvió de nada pedir disculpas ni perdones, ni siquiera excusarse con bellas palabras. Lo pusieron de patitas en la calle y punto. Pero… ¿qué hizo nuestro hombre para que los responsables del gimnasio tomasen tan drástica actitud con él?

Juan Fernández cometió dos errores abominables hoy en día. En primer lugar se tiró un sonoro pedo que inmediatamente desató las risas de los que estaban cerca, aunque más tarde hubo opiniones secas y despectivas sobre tal acto, comentarios mayoritariamente femeninos que aludían a la falta de pudor y delicadeza o a la poca vergüenza de aquel energúmeno. Algunos, muy pocos, argumentaron (y es algo que el mismísimo autor de tal proceder expuso en su disculpa) que al pobre hombre pudo escapársele aquella ventosidad realmente maloliente, pero el grupo más compacto de mujeres dictaminó el caso con la máxima severidad, llegando al extremo de distanciarse de él lo más posible y dejándole apartado en sus soledades más marranas. Al fin y al cabo la actividad practicada en un gimnasio es solitaria o individual, no es en equipo ni nada que se le parezca.

El segundo error que cometió Juan Fernández fue acaso peor visto que el primero porque, al fin y al cabo, a cualquiera se le escapa un fogonazo, y más ejerciendo movilidad y fuerza; esto se remediaría acudiendo al gimnasio con las necesidades biológicas satisfechas (por algo somos animales racionales, vaya), pues bien, como digo, Juan Fernández volvió a sacar los pies del plato al esgrimir, al exhalar un sonido gutural (procedente de su garganta) en el preciso momento en que una escultural señorita pasaba por su lado; y es que nuestro caballero (no sería adecuado llamarle así según algunas gimnastas) al inspirar y expirar en los esfuerzos realizados, emitió algo así como «aaaahh, ufffff», entendiendo la joven que lo hacía en sentido figurado, metiéndose con ella o piropeándola, algo hoy proscrito socialmente como se sabe. El resultado de tales meteduras de pata ya las sabe el lector.

Días después y encontrándose el autor material de tales exabruptos en el Hogar del Pensionista, fue interrogado sobre el tema por sus compañeros y amigos.

—¡Qué cosas tienes, Juan! ¿A quién se le ocurre ir al gimnasio y poner el mingo?

—¡Qué mingo ni qué hostias! A cualquiera se le va el punto, y más empujando pesas, ¡coño!

—¡Y encima te metes con las gachís, tus cosas!

—Yo no me meto con nadie, no digáis más pamplinas, que soy más viejo que Matusalén. Cosas que pasan ahora.

Cosas que pasan ahora (18)

«La aparición súbita y descontrolada de alteraciones y malformaciones corporales se dieron en personas de diferentes edades y dedicaciones varias». Así remataba el informe médico tras las deliberaciones del comité de expertos. No podía ser de otro modo: tumores, migrañas, diarreas...

Y todo en cuestión de poquísimo tiempo, como si de una maldición se tratase aunque la causa no estaba clara. Pros y contras. Urbanización Las Brisas gozaba de un espacio natural limpio e inmejorable y mira por dónde ponen un conglomerado de antenas de telefonía móvil. La empresa responsable no deja de proclamar una y otra vez que sus radiaciones son inofensivas y que no hacen daño a nadie pero... ¿Eso quién lo demuestra?

Después de mucho insistir, manifestarse, protestar e incluso denunciar, los residentes han logrado que se apruebe la retirada de antenas y su ubicación en un punto lo más lejano posible a la zona urbana. El daño ya hecho es irreversible pero el desmantelamiento evitará la aparición de nuevos casos, o al menos despejará la duda de si la malignidad provenía de ahí.

¡Fuera antenas! ¡Que no contaminen tu entorno! Así reza una pancarta a la entrada de Las Brisas.

El deseo

Al llegar montamos el campamento. Después vinieron las correrías y los escopetazos. Monte arriba, monte abajo. Las prácticas de tiro bajo un sol inclemente; las marchas interminables desde el alba, el asueto necesario al atardecer… A la orden mi sargento; a la orden mi teniente; a la orden… Y así sucesivamente. Todo se daba por bueno si al final iba a cumplir mi deseo. A mis veintidós años cumplidos aún no lo había visto, y lo conocía de oídas por casi todo el mundo.

Sudorosos y exhaustos, entre pinares, llegamos a unas dunas. Tendidos sobre la arena e incómodos por los arreos militares que embutían nuestros cuerpos, oteamos el horizonte y descubrimos —yo por primera vez en mi vida— el intenso azul de la playa y el océano.

Trenes y taxis

SEVILLA-OROPESA DEL MAR
(PASANDO POR MADRID) Y VICEVERSA

Canta el Gallo-Bellavista-Jardines de Hércules-Virgen del Rocío-San Bernardo… ¡Santa Justa! Ya llegó el cercanías a la estación principal sevillana. De aquí en AVE hasta Madrid, Puerta de Atocha-Almudena Grandes. Primera parada prevista del itinerario: Sevilla-Oropesa del Mar (Castellón).

Por la tarde temprana estábamos ya en la capital de España, en la calle de las Infantas, a un tiro de piedra de la Gran Vía y como siempre, asomarnos al escaparateo del centro hispano cuajadito de latinos a más no poder. Una masa humana que sube y baja en domingo por la tarde a primeros de septiembre, y si te quieres alejar: un taxi que te lleva y otro que te trae, o quizá un Uber, que también existe. Como el tiempo era veraniego, las terrazas colmaban los espacios atestados de clientes ávidos de refrescos, cafés y dulces. Unos suben a Primark, otros se asoman a Perico Chicote (aunque luego no entren en el local; la cosa es decir: «Yo he *estao* en Chicote») o por Callao por si alguien grita mandarlos a callar… ¿Por qué se llama a esta plaza la plaza del Callao? Porque todo el mundo que pase por ella debe permanecer en silencio, responde el gracioso de turno, que parece que está esperando al forastero llevándose el dedo índice a los labios, mientras en los veladores cercanos un guitarrero (no diremos guitarrista porque no lo merece) «deleita» a los parroquianos con una charanga de

VERDADES, FICCIONES Y ALGUNOS VIAJES

tres al cuarto, pidiendo luego unas perras para su manutención. De modo que allí estábamos nosotros procedentes de provincias, mezclados en aquella comedia humana de los *madriles* eternos y, estando en ello, alguien propuso —movido por su caridad cristiana no exenta de pura curiosidad— visitar la iglesia de San Antón en la calle Hortaleza y en donde verdaderamente —yo lo vi con mis propios ojos— se predica el Evangelio con el ejemplo, en una mezcla radical de hospicio y Santo Lugar. Menesterosos deambulaban por la acera pidiendo tabaco a los curiosos que leíamos los mensajes evangélicos de la fachada. Luego, con las primeras luces de la anochecida avanzamos —o retrocedemos, que esto no lo tenemos muy claro— hacia Plaza Mayor, Sol y Preciados, confundidos con la masa bullanguera del domingo feneciente, hasta volver al hotelito y esperar al día siguiente, no sin antes devorar unas croquetas y unos calamares fritos.

Pues eso, llegó el nuevo día, el nervioso maleteo y los taxis nuevamente camino de Atocha para coger el AVE (esta vez AVE auténtico, no el AVLO que nos trajo desde Sevilla, que se cimbreaba más que un saco de cigarrones, como dicen en mi pueblo) con destino a Castellón como dije. Paisaje anodino, campos amarillos, arboledas varias y sembrados más raquíticos que otra cosa era lo que veíamos desde el tren.

Llegados a Castellón (otra estación calcada de las otras e igual de impersonal), taxis haciendo cola como en todas las estaciones ¿las espaciales también? Y viajeros bamboleantes cargados de bultos (peso-contrapeso). Destino: Oropesa del Mar. Un pueblo costero-playero cuya población crece en verano y que ostenta, según mis cálculos, el récord de fruterías de la zona. Por lo demás, poca novedad, como no sea contemplar el abandono propiciado por la crisis inmobiliaria en lo que fue y ya no es el complejo turístico de Marina D'Or, hoy semiabandonado y poblado de numerosos esqueletos lúdico-consumistas en sus visibles atracciones y parques infantiles. Todo eso lo veíamos desde el trenecito turístico, que desde un tiempo a esta parte se ha multiplicado elevándose a la enésima potencia en todas, toditas, todas las poblaciones patrias que se precien.

Al día siguiente nos desplazamos para realizar un *free tour* por la ciudad de Castellón en donde el guía, muy versado en historia y acontecimientos locales, nos emplazó en La Farola, centro neurálgico de la ciudad y, a partir de ahí, realizar un recorrido plagado de erudición histórico social, ya digo, por los distintos lugares muy similares a los de cualquier ciudad de provincias. Restaurantes, locales de moda, administraciones de lotería…, hasta que llega la típica porfía:

—Jaime I el Conquistador fue un personaje muy importante…

—¡Que no es Jaime sino Jaume, que parece que viven ustedes en la época de Franco, leches! ¿O es que no os habéis *fijao* en la señal de tráfico con el rótulo de «Castelló» sin la «n»? Y si en algunos lugares aparece con la «n» te la tachan de inmediato. Así funciona esto.

Vuelta al hotel, comida y siesta. Por la tarde piscina (con agua muy fría, helada) y/o la playa (con agua no tan fría, ya lo dicen los meteorólogos, que el Mediterráneo ostenta una subida considerable de temperatura de un tiempo a esta parte). Paseítos consabidos por una playa con poca, poquísima distancia entre la orilla y el paseo marítimo. Llega la noche y llega la cena. «Puedes comer todo lo que te apetezca pero sé responsable», reza en los titulares del comedor repleto de «viejos» de temporada. Agua y vino en las comidas…, lo de siempre para no variar. ¿Por qué cuando disfrutamos del *buffet* libre tendemos a ponernos inflados como globos? ¡Ay los apetitos sensibles!, ¡Ay de los estómagos agradecidos! A Dios pongo por testigo de que nunca pasaré más hambre, y si no que venga Escarlata O'Hara y vea cómo me pongo en el *buffet*. Y por si fuera poco, esta noche hay música y baile, con DJ, o bien en directo. Muchos mirones y pocos bailaores, aunque según; hay veces que la pista de baile se satura, mayormente cuando llegan al hotel grupos de amigos (matrimonios o parejas preferentemente) y quieren lucirse en el baile, demostrando que ellos practican el baile de academia que tan de moda está. Ya se ve en los programas televisivos o radiofónicos de búsqueda de pareja, en donde una de las preguntas fundamentales que le hacen ellas a ellos es: «¿Te gusta bailar?».

Ascensores (*elevators*), pocos y pequeños. ¡Qué tardan los malditos ascensores en determinados momentos! Lo raro es que un hotel de cuatro estrellas y tan grande disponga de ascensores tan limitados.

Al día siguiente acudimos a las puertas de la Oficina de Turismo en donde nos recogería un microbús con el objetivo de realizar una visita turística por la localidad de Peñíscola. Pues ni se presentó el microbús a recogernos ni realizamos la prometida excursión. ¿Motivo? Un error entre la concertación *online* del viaje y el banco pertinente dieron al traste con nuestra ilusión. Y eso que voces autorizadas nos recomendaban que Peñíscola era lo más bonito e interesante de aquella zona y que, por lo mismo, no deberíamos dejarla de contemplar; pues nada, resignados y medio convencidos prometimos no cejar

185

en el empeño y la próxima vez eso, no dejar de ver Peñíscola, aunque sea con el Imserso.

Vuelta a Madrid después de un madrugazo de cojones para volver a la estación de Castellón y coger un AVE que llevó durante la travesía nocturna (al menos dos horas) todas las luces encendidas. ¡Qué pocas luces llevar toda esa luminosidad artificial cuando a esas horas lo que desean los pasajeros es dormir lo que no se ha dormido por el madrugón infame, o al menos dormitar! Llegada a Atocha disponiendo de tres horas para la salida del último AVE. ¡Cuántos AVES! Dirección a Sevilla. Y ¿qué hacer durante esas horas libres mientras sale el tren? ¿Metemos el equipaje en consigna y nos damos una vueltecita por el Retiro? El Retiro está a 15 minutos cuesta arriba y no tenemos ganas de andar, bastante aperreo llevamos en el cuerpo además, meter maletas en consigna durante un par de horas no merece la pena y cada bulto son 5 euros. Pues nada, allá que nos vamos con el ronroneo de las maletas rodeando el contorno de Atocha buscando la sombra y haciendo hora. Viernes, 12,00 horas. La estación está que hierve de gentío y maletas. Los paneles informativos reflejan las vías desde donde saldrán los diferentes trenes para los diferentes destinos. Las colas son inmensas. Una riada humana accede rápidamente en fila para pasar al andén. Escaleras mecánicas, raíles y ruedecillas sonoras. Subimos, nos acomodamos y partimos con calor, mucho calor. Hasta cerca de las 15,00 horas permanecemos de viaje. El asiento que llevo está justo antes del coche cafetería y a esa hora ya se sabe, empieza a rugir la marabunta del estómago. Desde Córdoba a Sevilla no para de entrar y salir gente para tomar copas, bocadillos y tentempiés y eso supone abrir y cerrar puerta corredera y vuelta otra vez cada vez que entra y/o sale una persona. No es martirio pero sí molesto, chocante podríamos decir.

Llegada a Santa Justa (Sevilla) con más calor aún. Septiembre se está despidiendo bien. A esta hora reservamos mesa en Voltereta, un restaurante «*à la française*» adonde llegamos sudorosos y exhaustos a pie desde la estación y no precisamente ligeros de equipajes (como sí llegó Antonio Machado a su último destino, el pobre). Muy rico todo. Si este es el estilo francés desde luego que es de diez. A los postres decidimos volver como Dios nos dio a entender: ni juntos ni revueltos. Mi señora y yo lo hicimos casi viceversa total. En taxi hasta la estación de Renfe Virgen del Rocío y, a partir de ahí: Jardines de Hércules-Bellavista-Canta el Gallo-Utrera. Fin del cercanías y fin de trayecto.

La desolación de Atila

Es esta una historia escrita desde el corazón y que trata precisamente de la importancia de este órgano tan vital en todo organismo vivo, ya sea animal o humano.

Nunca comprendí cómo un perro sumiso y fiel, bodeguero por más señas, poco ladrador y menos mordedor, llevase por nombre Atila, cuando todos sabemos quién fue y cómo se las gastaba ese caudillo bárbaro cuyo caballo «pisaba los senderos por donde no crecía la hierba», sembrando la destrucción, el caos y la devastación que dejaba a su paso. Que ese perrito noble lleve el nombre del «azote de Dios» (como fue apodado Atila) no es cosa lógica, aunque así le bautizaron mi hermano y su familia. Así opino por las razones que expondré a continuación.

Atila (de aquí en adelante me referiré al perro, olvidemos al fiero rey de los hunos) andaba siempre como Pedro por su casa, de un lado para otro libremente y a sus anchas, querido y alimentado por la familia. Así eran las cosas hasta que un día de esta primavera última, el dueño de Atila (mi hermano) se levantó de la cama con muy mal cuerpo y acusada palidez. Tan mal se encontraba que decidió ir al médico, cosa impensable en él por su conocida reticencia a acudir a los doctores a la menor indisposición. Ya el perro se estaba apercibiendo de que aquello no era como siempre, de que algo raro pasaba, de modo que alzaba las orejas y bostezaba desmesuradamente. El enfermo se ausentó un rato de su domicilio mientras acudía al centro de salud, en donde en principio le encontraron sus constantes vitales dentro de la normalidad, por lo que le recomendaron reposo y poco más. Al volver a casa, el perro ladró y miró al dueño siguiéndolo hasta la cama. Ante tal situación, Atila reclamaba la diaria atención de caricias, alimentos y afectos que le prodigaban sus cuidadores y que hoy, por las circunstancias presentadas le estaban siendo negadas. Pasado un tiempo en el que ya el perro fue atendido en sus necesidades y cada miembro familiar se dedicó a sus quehaceres cotidianos, comprobaron que el animal no había probado bocado alguno e incluso permanecía echado en el suelo cercano a la cama del enfermo, el cual al levantarse manifestó encontrarse aún peor que al principio, tanto que al intentar incorporarse y dirigirse al cuarto de baño, emitió un grito de desesperación y se desplomó literalmente siendo amortiguada su caída por su esposa que le sostuvo antes de caer al suelo. A duras penas fue trasladado a la cama mientras se desarrollaban los operativos de emergencia, siendo todo este proceso observado lastimeramente por el perro que iba y venía por el pasillo de la casa con la cabeza gacha y la mirada triste.

No voy a relatar aquí todos los acontecimientos sufridos por mi hermano hasta su alta médica concedida tres meses después de su desvanecimiento. Sí digo que soportó una operación de aorta a vida o muerte, un infarto durante el transcurso de la misma y finalmente un trasplante de corazón. A día de hoy mi hermano puede contarlo y ha vuelto a nacer por la gracia de un donante. Pero… volvamos atrás, al día en que salió camino del hospital más muerto que vivo y a los sentimientos que despertó este suceso en su querido Atila. Desde ese fatídico momento el perro se tumbó en el suelo y desechó todo alimento que pusiesen a su lado, emitiendo unos aullidos lastimeros. Ni comía, ni bebía, ni se levantaba del suelo desde que vio a su amo «muerto» y tendido. A Atila se le «rompió el corazón» por la desdicha de haber perdido (según él) a su dueño, mientras este, sorprendentemente, ha conseguido sobrevivir con un corazón prestado, de repuesto. Esto me ha llevado a comprender (a mí, que no entiendo de animales) que verdaderamente el perro es el más fiel amigo del hombre, que no es esta una frase tópica; y que no hay tanta diferencia ni distancia (como bien opinan los animalistas) entre la mente animal y la mente humana.

Una temporada
en la residencia sanitaria

Marqué el número y me dije que era difícil que me atendieran. La línea telefónica, como de costumbre, estaba colapsada. Tonos (buppp), tonos (buppp) y más tonos (buppp). Así no hay manera. Lo dejé por un rato y volví a mi libro: *Madame Bovary*. Más tarde lo intenté de nuevo:

—Departamento de Personal… Dígame…

—¿Oiga?… Me informaron de un puesto de trabajo.

—Sustitución para el verano. Anatomía Patológica. ¿Qué le parece? —la voz del otro lado no admitía ni demoras ni preguntas—. ¿Sí o no?… ¿Oiga?

—¿De qué se trata? —pregunté yo.

—Venga y lo hablamos. Preséntese el lunes 1 de julio a las nueve de la mañana —me contestaron.

Me encaminé con un mar de dudas a mi destino. Hospital General. Área de Salud, deambulando entre batas blancas y verdes a través de un océano de burocracias y farmacias varias. No me dijeron nada al principio. Esperé. Luego sí, me miraron de arriba abajo y me espetaron a bocajarro: ¿Quiere usted trabajar con los muertos? Es el único puesto que podemos ofrecerle —añadieron—. Tragué saliva y dije a duras penas que sí, que qué remedio me quedaba: Mi padre enfermo de gravedad, yo con un título universitario flamante pero guardado en un cajón y toda la vida por delante. ¿Qué alternativa me quedaba? Después de recorrer un largo pasillo flanqueado por camillas, enfermos varios y olores medicinales, me entregaron el uniforme y me encaminaron al destino. ANATOMIA PATOLÓGICA, dos palabras muy técnicas que no sabía yo qué coño tenían que ver con los muertos, a pesar de mi supuesto (por mí) nivel cultural.

Desde lejos divisé el edificio gris panteónico que sería cobijo de mis días durante el verano, sin saber ni por asomo, que aquel sería escuela de vida y preámbulo de la muerte tan temida y al final, tan comprendida. Llegué acompañado por un «perro» llamado Santiago y que a las ocho de la mañana se extrañaba de que después del café me bebiese el agua fresca de las maquinitas del hospital (sí, esas tan chulas de las que quedan ya muy pocas). Y es que Santiago no era tal perro, sino que su apodo obedecía a su molicie para el currelo, ya que se trataba de un celador a punto de jubilarse; de hecho lo hizo durante mi estancia en el centro sanitario.

—Pero, niño —me decía—, ¿no te gusta quedarte con el gustito del café en la boca?

—A mí sí que me gusta —contestaba yo—, pero después de una hora en coche y con «la caló» me bebo un litro de agua si es preciso.

—Niño, ¿de dónde vienes, si no es mucho preguntar?

—De más allá de Utrera. Y el «perro» de Santiago asentía y decía como para sus adentros: ¡Quién tuviera tu edad!

Antes de presentarme en el fúnebre edificio, el viejo celador me encaminó hacia la Escuela de Enfermeras para hacer varios recados y de camino mostrarme la que habría de ser la luz diáfana, la clara sonrisa de las enfermeras del futuro, algo así como «las chicas de la Cruz Roja» en versión años 80. Bastante distinto por cierto a lo que acontecía en Anatomía Patológica, aquella escuela de tituladas sanitarias ofrecía un ambiente grato y acogedor: amplios ventanales, plantas de interior, aulas espaciosas, corredores interminables… Todo ello como aromatizado por la cosmética femenina, inundando el aire de cierto olorcillo que yo, servidor en horas bajas, no iba a disfrutar más que en escasos momentos, los suficientes para detectar a varios «perros» más (no pocos esperaban impacientes la llegada del retiro) en actitud de chanza revoloteando en torno al jefe del cotarro: un hombrecillo rechoncho y cuellicorto que guardaba en su taquilla, entre otras cosas, varios litros de vino y sus correspondientes longanizas para acompañar. De modo que sin más preámbulos, Santiago me agarró del brazo diciendo: Bueno niño, vámonos pal mortuorio que ya va siendo hora, a la vez que consultaba su viejo reloj de muñeca, y con esto me recordaba (por si se me hubiese olvidado) mi tétrico destino, al tiempo que añadía por primera vez el sustantivo popular (mortuorio) de tan siniestro fin. Y nunca mejor dicho pensé: mortuorio = siniestro fin. No podía haber mejor equivalencia.

El susodicho edificio gris panteónico, como he dicho antes, me despejó algunas dudas de las muchas que tuviese. Una breve escalinata daba acceso al *hall* en donde una mesa y una silla me esperaban para —al parecer— ejercer la función de conserje. ¡Aleluya! «Qué bicoca —pensé—. Esto no me lo esperaba yo». Y esa fue la primera impresión, la primera toma de contacto con mi nuevo empleo.

Una vez en el puesto, la mañana se estiraba como una escalera al cielo, como un lentísimo reloj que tardaba lo indecible en completar la jornada de trabajo. Nadie se paraba en mi mesa ni me consultaba nada. ¡Buenos días, buenos días!, entraban y salían batas blancas y verdes en el más absoluto silencio anónimo. Escaso personal discurría por aquella aséptica e impersonal edificación que a buen seguro nos remitía a un lugar regido por y para la muerte; aunque ya veríamos, pues no las tenía todas consigo. Al cabo de unas horas fue animándose el asunto; al menos en lo que a personal se refiere, mas no sobre mi persona, que seguía dándole vueltas a la cabeza basándome en la consabida expresión de «¿qué hace un chico como tú en un sitio como este?». De vez en cuando, un ir y venir de uniformados ya verdes, ya blancos deambulaban por la cansina mañana portando aparatos quirúrgicos, radiografías, historiales médicos o vaya usted a saber.

—Buenos días, buenos días.

—Hola, hola. —Y así quinientas mil veces a lo largo de la mañana dichosa, sentado en la centralita anónima, empollándome los 50 temas del ejercicio oral de Oposiciones al Cuerpo de Maestros.

Anatomía Patológica (la sofisticada expresión metida en la cabeza). ¡Quién lo diría! Nadie me pedía nada, nadie me mandaba. ¡Qué cojones! Todo el día sentado al pie del interfono que, todo lo más sonaba una vez al día por término medio y excepcionalmente cuando —decían ellos— había una «intra». ¿Qué será una «intra»?

—Vamos, celador, que es urgente —clamaba el interfono—. Venga al quirófano 3 de la segunda planta del Hospital General que tenemos una «intra». Entonces sí, entonces te exigían rapidez y eficiencia en el servicio y no admitían la más mínima demora por aquello de tratarse de una «intra», locución extraña para mí y que no tardé en descifrar (nadie me lo explicó) como luego se verá. O te mueres de aburrimiento o te ponen en guardia a todo gas en busca de la urgentísima «intra». Este era el servicio asignado en principio, mas ciertos recados a modo de correspondencia interior por todo el recinto sanitario, los cuales me permitían estirar de cuando en cuando las piernas (no era saludable para un jovencito como yo permanecer sentado tantas horas seguidas), visitar a enfermos conocidos e incluso alternar con los veteranos del tinto y el chorizo que dije antes, que, a modo de cuarteleros (un hospital y un cuartel se parecen más de lo que pudiera pensarse) aligeraban el tedioso reloj despojándolo del martirio del tiempo.

Así las cosas, no tardaría mucho en que me topase con la muerte o con sus aproximaciones, por decirlo de alguna manera, siendo el momento clave la comunicación, la orden (mejor dicho) de que recogiera cierto paquete que obedecía a una no menos cierta consigna: un miembro humano que era precintado, envuelto y empaquetado, dispuesto para su observación y análisis en el departamento X. Ni corto ni perezoso cogí el paquete como si fuese la compra del día y me encaminé sopesando el bulto y su peso. Nada de nada, sin problemas. Un miembro amputado, me soplaron en el quirófano. ¿Una pierna? ¿Un brazo? ¿Una «intra»? (¿sería eso...?). ¡No, por favor, no corras, ya te enterarás! De todos modos tenía guasa la cosa. Yo tan campante con una bolsa que contenía una extremidad humana. Para ser tan grande debería ser al menos una pierna. No hay duda. ¡También se amputan penes, tío! —me soplaron confidencialmente no sin cierta mojigatería. Lo que faltaba... ¡Que tenga que cargar con un pedazo de ¡carajo!.

—¡Suéltalo ahí —me indicó un señor calvo señalando una mesa y mirando por encima de las gafas—. Lo meteremos en la nevera —siguió diciendo con suficiencia.

Acto seguido cogió el envoltorio y enfiló un pasillo, no sin antes decirme que le siguiese. Al final del corredor llegamos a una zona acristalada conocida como… «la nevera»; es decir, el lugar donde se depositan los restos humanos para su estudio, amén de los cuerpos completos y sin vida (cadáveres, vamos) que esperan allí para su posterior inhumación o incineración. Así fue como de golpe y porrazo y en un santiamén me enteré de lo que significaba ANATOMÍA PATOLÓGICA. Cuerpos enfermos, claro; ¡y tan enfermos! Mi primer contacto con la muerte por obra y gracia de aquel miembro amputado y las explicaciones del viejo calvo y de gafas que no era otro que Gálvez, el celador jefe del mortuorio; ayudante de los forenses, negociante al 50% de las funerarias de toda la vida y todo un experto del arte de vivir de, por y para la muerte. ¡Bonito negocio, amigo!

Desde entonces todo se me fue aclarando poco a poco. Mis días transcurrían a salto de mata entre la centralita y el mortuorio propiamente dicho, o sea: todo lo relativo a lo fúnebre y sus dolores correspondientes; aunque lo fúnebre también participa del negocio del melodrama, es decir, que el drama de la muerte mantiene a sus especuladores aunque no los convierta en millonarios, con lo cual la picaresca se asegura. Y todo esto se entreveía en las conversaciones de los «pájaros viejos del lugar»: celadores jefes, empleados funerarios y demás buitres carroñeros que aleteando, aleteando, posábanse ante los restos mortales y sacaban su tajada correspondiente, más grande o más pequeña, pero tajada al fin y al cabo. Esto es obra de cristianos—decían—; lo malo es comerciar con órganos como ocurría en otros países. Órganos humanos, claro. Entidades financieras especulando… ¡eso sí es una calamidad!, pero ¿nosotros?… Total, unos eurillos más a fin de mes, ¿Quién se va a enterar, si no vamos a salir de pobres? Andando el tiempo me permití cierta confianza con mis compañeros celadores (todos bastante mayores, yo el único jovencito) acudiendo al festín del tapeo y frecuentando las tascas aledañas al Hospital General en donde Rafael, un «perro» veteranísimo como el que más, abría las máquinas tragaperras con una facilidad pasmosa. Aun así, la jornada se me hacía larguísima (con todo lo que tenía que estudiar) y mi cuerpo de 27 años necesitaba actividad. Comprendo que mis avezados compañeros pasaban ya de todo y se conocían al dedillo los entresijos del trabajo, pero yo necesitaba aprovechar el tiempo de alguna manera, de modo que cuando yo me soliviantaba y preguntaba qué había que hacer me decían:

—Niño, tú no preguntes nada, si te mandan algo lo haces. Si no te mandan nada, tú tranquilo, ¡a callar!, pero no pidas trabajo, que sepas que estamos en verano, y en estas fechas no hay mucha demanda. Nosotros estamos en nuestros puestos. Ya nos llamarán cuando nos necesiten.

Rafael reía y reía con la colilla en los labios y las manos rezumando calderilla de las tragaperras dichosas.

La muerte (violenta, se entiende) es un rostro desencajado, putrefacto, de órbitas que te miran inquisidoras; como esperando ansiosas el adiós último, la cerrazón definitiva. El diminuto hilillo de sangre en las encías parcialmente visibles y más cosas. La muerte siempre violenta también se compone de hematomas morados, violáceos, como gigantescas berenjenas; de brechas abiertas en carne viva y aún palpitante. La muerte también puede olerse. Un olor nauseabundo que preludia el postrer pudridero de la carne (aún no se incineraban los cadáveres en los años 80, al menos masivamente como sucede hoy), entre agrio y dulzón. Cerrado herméticamente el lugar, la única frescura proviene de las cámaras frigoríficas que mantienen la carne fresca. ¡Qué delicia de hielo! Pureza de blanca nieve frente al denso, al hiriente colorido de la sangre/muerte. Y familias enteras abotargadas, ojerosas de sueño, de lágrimas, de infinitos cansancios, buscando nerviosas el cuerpo tapado del último fallecido de la cama tal, de la habitación tal, de la planta tal...

Un rosario fúnebre desfilaba día tras día por los aledaños del mortuorio configurando a la muerte como las más familiar de las compañeras, amiga imprescindible sin la cual no podríamos (nosotros, los de patología) realizarnos profesionalmente ni cobrar a fin de mes; con ello se robustecía el ánimo y se nos despojaba del tinte dramático que las personas normales y corrientes podrían atribuir a semejante circunstancia ocurrida en momentos excepcionales, como excepcional cabría entender el acto mismo de morir en un accidente de tráfico. La muerte así se convirtió en algo cotidiano y rentable, ya fuera para gente aburrida y con reaños o para elementos recién salidos del cascarón y sin nada a lo que agarrarse cual era mi caso.

Aquello no duró mucho porque tuve la suerte de sustituir a un compañero que se jubilaba. Se trataba de pesar la ropa de cama de la Residencia Sanitaria al completo. Una báscula gigantesca ubicada en un descampado adonde llegaban los furgones cargaditos de sábanas y otras telas y entretelas. Yo, sentado en un cuchitril de reducidísimas dimensiones esperaba cual pacientísimo Job la llegada esporádica de las cargas—cada quince minutos—en aquella dilatación del tiempo. Mejor para mí: los libros, los apuntes y… ¡a estudiar! El trabajo ideal para un estudiante y el menos recomendado para alguien joven y con necesidad de actividad física; aunque por mí encantado, acababa de librarme de la muerte en directo y entraba de lleno en mi ambiente: el lápiz, los números, los kilos de la báscula (suma y sigue) y… mis pendientes Oposiciones. Los conductores de los furgones —impersonales y poco locuaces por lo general— cogían los tiques desde la ventanilla. «Buenos días». «Buenos días…». «Ea, adiós». «Adiós»… y algunos ni eso, llegaban y de inmediato, tras recibir mi notificación, marchaban sin mediar palabra. Y el tiempo dilatado hasta el infinito —ocho horas en ese plan— permitía que un servidor empollase y empollase sin dilación el amplísimo temario. De modo que mejoré de puesto y, por consiguiente, de actitud en el trabajo. Le dije adiós a la muerte y después de un mes de lucirme como «pesarropas» me enviaron al Almacén General como suministrador de mercancías y pedidos varios. Un trabajo ideal para cualquier persona: ni demasiado sedentario como el de «pesarropas», ni excesivamente desagradable como el anatómico-forense ¡je, je, je!, aunque adolecía de un defecto mayúsculo: sencillamente yo no disponía de tiempo para estudiar. Toda la jornada tropezando con chismes, válvulas, aparatos, gasas, medicinas… Todo aséptico y precintado en paquetes y paquetones de pulcrísima pulcritud si cabe. Una monja —toda bondad y corazón— regenteaba el almacén de Dios y disponía a capricho, no sin cierta autoridad, del personal a su servicio; o sea administrativos (más bien administrativas) y mozos de almacén como yo. El caso es que yo no estaba a gusto en aquel departamento y los motivos de mi disgusto no tenían nada que ver con el trabajo en sí, cómodo y liviano; tal vez el no tener tiempo de echarle un vistazo a mis textos influyese en el desánimo (egoísta que era yo), aunque también el personal que me rodeaba en aquellos momentos dejaba mucho que desear, a saber: unas administrativas (todas eran mujeres) bastante secas y distantes que desde un primer momento me demostraron apatía y desagrado sin saber por qué y un celador mayor, taciturno a más no poder, con el que compartía trabajo y sala de estar o descanso. Yo, acostumbrado como estaba al personal anterior, dicharachero y simpático, vengo ahora a toparme con estas tristes y silenciosas personas que hacían todo lo posible por ignorarme. Estaba clarísimo: yo no les caía bien y entre unas cosas y otras la jornada se me hacía interminable, siempre consultando el reloj como si ese gesto acelerase el tiempo. Intentaba dinamizar y agilizar el trabajo procurando entablar diálogo con mi taciturno compañero, pero no servía de nada, hasta el punto de que me cortaba la conversación y me dejaba con la palabra en la boca, o mal contestaba para que le dejase en paz. De manera que, estando la cosa de aquella suerte, se me acercó una mañana el jefe de personal y me dio a entender sin acritud alguna (me tenía en aprecio) que había recibido quejas de mi actitud por parte de algunos compañeros, que si a mí no me importaba, para el tiempo que me quedaba de contrato (un par de semanas como mucho) me cambiaba de lugar y me ofrecía uno nuevo, a ver qué tal. Asentí y comprendí que aquel buen hombre quería mi bien y el de los demás para evitar rencillas y/o encontronazos indeseables, cuando yo en realidad no había tropezado con nadie ni de obra ni de palabra, pero en fin, era lo mejor para todos cuando el ambiente, por lo que quiera que fuese, no era el deseable.

Mi último puesto de trabajo si así puede llamarse —la verdad sea dicha; trabajo, lo que se dice trabajo no suponía aquello, sino más bien entretenimiento sin mucha pretensión— consistía en recoger todo tipo de placas radiográficas e informes médicos desfasados y regados por el suelo de un viejo almacén que irradiaba dejadez y abandono por los cuatro costados. Sin prisa pero sin pausa, como suele decirse, iría colocando todos esos materiales de desecho en estanterías también viejas y mohosas y, de paso, desempolvar el lugar e irlo adecentando en la medida de lo posible. A mí me daba la impresión de que aquello no era necesario realizarlo, pero ya que me habían contratado habría que justificar la jornada de alguna manera porque, ¿qué pintaba aquel edificio en aquellas condiciones tan precarias?, ¿por qué se había llegado a tal grado de degradación sin haber puesto remedio antes? Aquel barracón depauperado tenía cierta similitud con los alojamientos para judíos en los campos de exterminio nazis. Ni más ni menos. No se acercaba por allí ningún alma, ni para supervisar mi trabajo ni por casualidad alguna. Estaba claro que para las dos semanas escasas que me quedaban en la Residencia, cualquier lugar «extramuros» era bueno con tal de pasar el tiempo y finalizar el contrato.

No pondré punto y final antes de referir por último el caso de dos «graciosos» cercanos a los laboratorios generales dedicados al mantenimiento y cuidados de animales de experimentación, principalmente perros y ratas (recordándome estas últimas mi reciente lectura de «Tiempo de silencio» de Luis Martin Santos); a lo que iba, estos dos compinches —uno sevillano y el otro cordobés— imitaban mi acento andaluz con cierta sorna al oírme «cecear» y me preguntaban cachondamente: «Niño, ¿tú de qué pueblo eres?», a lo cual yo hacía oído sordo y no contestaba, aunque sí intentaba hacerles comprender que no hay acentos del habla mejores ni peores, sino lisa y llanamente acentos. Para ello les aclaré sus acentos tan peculiares. El «seseo» del sevillano (sevillano de la capital) que se tomaba su «servesa» o «chervecha», según el barrio del que procedía; y la costumbre cordobesa de sustituir en la pronunciación la «e» por la «a» o entremezclarlas, como por ejemplo al pronunciar «Ácija» por «Écija» (pueblo sevillano cercano a Córdoba). Desde ese momento, aquellos señores cambiaron de actitud y valoraron mi explicación, hasta el punto de dirigirse hacia mí con deferencia y buen trato.

Me comunicó el jefe bajito y cuellicorto que expiraba mi contrato. Que lo sentía mucho, pero que no desesperara, que me volvería a llamar en cuanto hubiese ocasión, aunque yo le comuniqué que en breve me presentaría a examen de oposiciones como ya dije anteriormente y que prefería esperar un tiempo, agradeciéndole las atenciones que me había dedicado. Con el tiempo obtuve la plaza de maestro y durante mi primer destino como docente recordé con añoranza y eché de menos mis vivencias en la Residencia Sanitaria. Mi futuro como funcionario acababa de comenzar.

Eternidad

DOLOR como hierro candente atravesando el corazón abierto.

ALEGRÍA de romeros disfrutando de *simpecaos* y tamboriles.

DOLOR como aguijones de abejas taladrando una epidermis facial.

ALEGRÍA del sol radiante iluminando el alborear de la primera juventud.

DOLOR del preso soportando la más insoportable de las torturas.

ALEGRÍA de criaturas solazándose en un edénico jardín.

DOLOR de mil demonios furiosos maniatando al reo de turno.

ALEGRÍA del frustrado apocalipsis transformado en angélicas túnicas.

La luz del MAÑANA ocultando la oscuridad del PRESENTE, emergiendo ETERNAMENTE por los siglos de los siglos.

Índice